Vierjahreszeiten

Ein wunderbares Geschenk der Natur, großzügig verteilt auf zwölf Monate. Erlebnisse und Begegnungen mit Menschen an unterschiedlichen Orten zeigen, wie sie sich den Besonderheiten der Jahreszeiten anpassen, oder dem Zufall überlassen. Die einen haben die Wahl, die anderen ergeben sich schicksalhaft?
Wunder werden erwartet oder geschehen.
Dem Tod wird ins Auge geschaut und Ängste werden überwunden.
Glückliche Kinder im Herbst und Krambambuli im Winter.
Eine gute Frau im ganzen Jahr und eine die nicht dazugehört.
Und immer wieder Anna und Aslan.

Ich mag alle Jahreszeiten,
die flirrend heißen Sommer
und die klirrend kalten Winter.
Den neugierig sprunghaften Frühling
und den farbig protzenden Herbst.

Inhaltsverzeichnis

Frühling

Wunder

Sie sind Flüchtlinge. In ihren müden Augen sehe ich die
Bilder der vielen, die unterwegs nach Deutschland sind,
vertrieben aus der Heimat, mit der Angst vor Verfolgung
und Terror. Eine Familie: Mutter, Vater und zwei
heranwachsende Töchter. Monatelang waren sie zu Fuß
unterwegs und auf einem Boot, durch Landschaften,
deren Anblick Hoffnung bedeutete.

Ihr Zuhause ist jetzt eine Turnhalle in der Stadt. 150
Menschen, die sich nicht kennen, teilen in diesem Raum
ihre Schlafstätte, die Küche und Toilette.

Übergangsweise! Irgendwann werden sie so
leben, wie es menschenwürdig ist. Sie haben Geduld. Sie
können warten.

Ob es Zufall ist, dass wir uns begegnen? Fatime ist 15
Jahre alt. Während der Flucht auf dem Weg hierher hat
sie türkisch gelernt, die Sprache, in der wir uns
unterhalten können. Sie stellt uns die Eltern vor und ihre
Schwester Atefe, die 17 Jahre alt und gehörlos ist. Ihre

Sprache sind die Augen, die Hände und der Körper. Ein wunderschönes, anmutiges Mädchen, das sich wie eine Feder bewegt, die Arme hebt, den Kopf neigt und mit den Augen beschreibt, was sie empfindet. Die sanfte Art, den demütigen Blick, das ergebene Lächeln und die Schönheit hat sie von der Mutter.

Mariam, die uns vornehm, mütterlich und warmherzig zulächelt und mit einem leichten Kopfnicken auf Ahmad deutet. „Er ist ein guter Mann", sagt sie.

Ahmad ist jung und unbeholfen, so wie einer, der keine Lust mehr hat. Stark zu wirken sieht aus wie ein Versuch. Den Stolz auf die schönen Töchter kann er aber nicht verbergen.

Die starke Person in der Familie ist Fateme. Ihre Energie ist nicht zu bremsen. Mit einem sicheren Gefühl schätzt sie Situationen ein, behält den Überblick und setzt alles daran, die Familie voranzubringen. „Wir haben es bis hierher geschafft, jetzt leben wir in einer Turnhalle mit vielen anderen. Was müssen wir tun, damit es möglich ist, unser eigenes Leben zu führen? Mein Vater ist fleißig, meine Schwester muss zu einem Arzt. Bestimmt ist in diesem Land jemand, der ihr helfen kann. Sie kann ja nicht hören, die Arme. Ich will zur Schule gehen." Sie lacht mit einem umwerfenden Optimismus. „Was müssen wir machen?" Das ist eine Aufforderung an sich selbst. Es heißt nicht *Mach etwas für uns, hilf uns!*, nein, sie möchte etwas tun und ist bereit dazu.

Wir machen es gemeinsam. Täglich in aller Frühe erwartet uns die Familie vor der Turnhalle. Zu sechst sitzen wir im Auto, unterwegs von Behörde zu Behörde. Mit all den anderen gerade Angekommenen sitzen wir in Warteschlangen, sehen die stumpfen Blicke und spüren die Schwere der Schicksale. Eine anstrengende Zeit, begleitet von Hoffnungen, Absagen und Zusagen, Bürokratismus mit freundlichen oder mürrischen Beamten. Hilfsbereitschaft und Ablehnung. Tag für Tag und immer noch kein Entrinnen aus der Turnhalle. Fateme gibt nicht auf, spornt uns an: „Ihr werdet sehen, unsere Ausdauer wird belohnt."

Recht sollte sie behalten, irgendwann nach all den zermürbenden Tagen ist es so weit, dass wir sie alle mit Sack und Pack in eine eigene Wohnung bringen. Zwei helle Zimmer, eine große, gemütliche Wohnküche mit Balkon, eine geräumige Diele und ein Bad mit Wanne und Dusche. Mithilfe unserer Freunde ist es gelungen, die Wohnung mit Möbeln auszustatten. Ahmad hilft tatkräftig mit und zeigt, wenn auch zaghaft, ein zufriedenes Lächeln. Die Freude ist unbeschreiblich, auch wenn zunächst der Strom nicht angeschlossen ist und Kerzen für die nötige Beleuchtung sorgen. Das erste eigene Zuhause, das erste eigene Bett, ein Kühlschrank, ein Herd, eine Waschmaschine. Tisch und Stühle, ein Sofa und all das, was ein Zuhause ausmacht. Die Augen verlieren ihre Schwermut, es fällt leichter zu lächeln.

Verschwunden sind jedoch nicht die dunklen Nächte, in denen die Angst hochkommt. Albträume, die nicht verschwinden und Fateme in die Arme der Mutter flüchten lässt. Es fällt auch noch schwer, Nahrung zu sich zu nehmen. Obwohl die Mutter eine großartige Köchin ist, schaffen die beiden Mädchen es nicht, das zu essen, was sie mit viel Liebe für sie zubereitet. Sie haben keinen Appetit, geben sich mit 40 Kilo Körpergewicht zufrieden.

Sie brauchen Zeit, Fateme geht zur Schule, versucht den Hauptschulabschluss zu bekommen. Atefe fühlt sich wohl in der Schule für Gehörlose. Die Eltern besuchen Deutschkurse mit der Absicht, die Eingliederung in die noch so fremde Gesellschaft zu schaffen. Wir besuchen sie regelmäßig, lernen die afghanische Küche kennen und haben Freunde gefunden, mit denen wir gerne zusammen sind. Nie findet ein Besuch statt, ohne dass wir miteinander lachen. Es ist gut so.

Verwandte der Familie, genau wie sie aus Afghanistan geflüchtet, wohnen außerhalb Kölns. Man besucht sich gegenseitig. Das Leben nimmt Struktur an. Der Vater arbeitet stundenweise als Friseur. Atefe ist in der Lage, auch als gehörlose junge Frau allein mit der Bahn in die Stadt zu fahren und bummeln zu gehen.

Fateme macht den Führerschein, sie ist jetzt 18, die Verantwortung für die Familie bleibt, und das Auto ist eine große Hilfe bei der Erledigung der alltäglichen Dinge. Sie kümmert sich um die nicht enden wollenden Behördengänge, sie organisiert die Arztbesuche und sämtliche Einkäufe. Als Teenager in modischen Klamotten und mit dem Smartphone in der Hand. Musik hört sie durch die Stöpsel im Ohr. Im Fernsehen schaut sie ihre Lieblingsstars und -serien. Der Schulabschluss ist weiter das große Ziel, ein Geschwisterchen der nächste Traum.

„Unsere Familie sollte noch ein Kind haben, ein Kind, das hier geboren ist, das ohne Angst aufwächst, ein Kind, das in unserer Familie in einem freien Land glücklich werden soll."

Der Wunsch ist so stark, wird so bedeutungsgroß, dass er sich erfüllt. Sie bekommen ein Baby, vom Glück überrollt danken sie Gott und brauchen bis dahin eine größere Bleibe.

„Die Wohnung ist zu klein, wie sollen wir zu fünft hier zurechtkommen?" Fateme vergisst, dass sie seit ihrer Zeit in Deutschland noch nie Geld verdient haben und von der Unterstützung durch den Staat leben, dass ihre Wohnung geräumig und gepflegt ist und mit 80 qm eine gute Größe hat. Ahmads Nebenverdienst ist zu wenig für ihr Vorhaben. Sie hoffen auf weitere Unterstützung durch das Jobcenter.

Dankbar sind sie für die sorgenfreie Zeit, den Ausgleich für die vielen Jahre, wo es nichts gab außer der Angst um ihr Leben. Hoffentlich erfüllen sich ihre Wünsche.

Fateme, voller Tatendrang, macht sich auf die Suche nach einem größeren Zuhause. Das neugeborene Kind soll es gut haben. Immobilienportale, das Wohnungsamt, Freunde und Bekannte werden eingeschaltet bei der Suche. Wohnraum ist knapp und teuer. Flüchtlinge sind nicht gerade erwünschte Mieter, ein weiteres Problem.

Fateme lässt sich nicht unterkriegen, unerschütterlich ist sie so lange unterwegs, bis sie die Wohnung, etwas versteckt und abseits gelegen, doch mit vier Zimmern findet. Es herrscht Corona-Lockdown, wir müssen zu Hause bleiben und können bei einer Besichtigung nicht dabei sein. Fateme entscheidet. Sie sagt ja und organisiert den Umzug mithilfe der Verwandten.

Durch die Umstände in dieser Zeit ist unser Kontakt auf WhatsApp reduziert, Fotos der neuen Wohnung zeigen leere Räume und viele Kartons.

Als Ariyan am 01. Mai geboren wird, ist Fateme selbstverständlich dabei. Die Familie ist überglücklich über die Geburt des kleinen, gesunden Jungen und auch wir möchten den neuen Erdenbürger begrüßen.

Unangemeldet fahren wir zum ersten Mal in die neue Wohnung. Eine glückliche Mutter, ein zauberhaftes Baby und die Familie in einer katastrophalen Behausung. Es gibt nichts bis auf überfüllte Kartons in feuchten, vom Schimmel befallenen Räumen. Matratzen liegen auf dem Boden, eine provisorische Spüle und Elektroplatten dienen als Küche.

Fateme winkt ab, als sie unsere entsetzten Blicke sieht. „Es ist noch nicht komplett, Möbel müssen wir noch kaufen, und dass Schimmel in der Wohnung ist, haben wir erst nach dem Einzug bemerkt." Sie führt uns durch die Räume, die trostlos, unaufgeräumt und einfach schrecklich aussehen. Die Mutter hat den Säugling im Arm, seufzt, wendet den Blick ab und hebt resigniert die Schultern.

„Was ist passiert? Wo sind eure Möbel? Wie hoch ist die Miete für dieses Loch und wer ist der Besitzer?" Fragen über Fragen, Unverständnis für das Zurückfallen in eine so erbärmliche Situation. Ich schüttle Fateme an den Schultern und muss mich bremsen, nicht zu schreien. Der Zustand ist schlimmer als der in der Turnhalle.

Fateme zittert, schaut mich mit weit aufgerissenen, tränenbehafteten Augen an. Ein hilfloses Kind!

„Sie hat schön ausgesehen, die Wohnung, vier große Zimmer und ein verwilderter Garten, Platz für uns alle. Endlich jemand, der an uns vermietet, und das Jobcenter war bereit, die Miete von 1400 Euro zu übernehmen. Dass hier alles feucht ist, haben wir zu spät bemerkt. Der Besitzer gibt uns die Schuld an der Feuchtigkeit, obwohl wir erst vor einigen Wochen eingezogen sind. Den Keller dürfen wir seltsamerweise gar nicht betreten, er allein hat den Schlüssel. Und die Miete kommt er persönlich jeden

Monat abholen."

Alles klingt sehr seltsam und keinesfalls korrekt.

„Zum Einkaufen müssen wir mit dem Bus fahren, die nächsten Geschäfte und Nachbarn sind weit weg. Es ist sehr einsam hier, nachts hören und sehen wir Wildschweine hinter dem Haus auf der Wiese. Ich habe Angst und will hier weg."

Vor mir steht nicht mehr die starke Fateme; klein und verletzlich, ohnmächtig, an der Lage etwas verändern zu können, schaut sie mich verzweifelt an.

Die Hilflosigkeit erschreckt mich, was bleibt, ist mein Unverständnis.

„Und wo sind eure Möbel, eure Betten, die Küche, der Herd, der Kühlschrank, die Waschmaschine?"

Leicht verwundert schaut sie mich an, zieht die Augenbrauen hoch, unsicher kommt die Antwort. „Die hatten wir ja schon ein paar Jahre, wir wollten alles neu haben und dachten, das Jobcenter würde uns einen Zuschuss geben. Dieser wurde abgelehnt mit der Begründung, dass die Elektrogeräte vor vier Jahren erst angeschafft wurden und das keine lange Zeit ist."

„Wo sind die Sachen jetzt?" Ich kann es nicht fassen.

„Die Möbel haben wir zum Sperrmüll auf die Straße gestellt und auf die Kippe gefahren, wir müssen jetzt so lange sparen, bis wir wieder etwas Neues kaufen können. Matratzen haben wir noch, die liegen hier in dem kleinsten Zimmer, in dem wir alle schlafen. Dort ist der Schimmel nicht so stark."

Es reicht, mit Tränen in den Augen, zornig und enttäuscht muss ich hier weg.

Zu Hause kommen wir lange nicht zur Ruhe. In unserem

Keller steht noch ein Babybett, das wir am nächsten Tag für Ariyan bringen. Das ergebene Lächeln der Mutter übersehe ich. Ihre Dankbarkeit will ich nicht annehmen. Ahmad arbeitet mehr als 10 Stunden am Tag.

Das Elend hat erneut Einzug gehalten, ich muss mich bremsen bei Schuldzuweisungen und spüre, dass ich es nicht ein zweites Mal schaffen werde, die Hilfe zu leisten, die nötig ist. Wieder einmal ist es die Aufgabe Fatemes, einen Ausweg zu finden. Die Suche nach einer anderen Wohnung ist so gut wie aussichtslos. Wer vermietet schon an Flüchtlinge mit drei Kindern? Ein Weiterleben in der jetzigen Behausung ist genauso unmöglich, es ist einfach furchtbar.

Meine Abende sind ausgefüllt mit Anrufen zu Wohnungsanzeigen und von Fateme. Fragen über Fragen, was soll ich tun, wie mache ich das? Unterstützt durch den Mieterverein wird der Hausbesitzer zu Rechenschaft gezogen, seine Handlungsweise und Geldforderungen sind nicht rechtens. Das Leben in dieser Wohnung weiterhin miserabel.

Es ist Winter, Erkältungen sind an der Tagesordnung. Die Mutter, Ariyan und Atefe werden krank, leiden unter Bronchitis und Asthma. Fateme ist so eingespannt und vernachlässigt die Schule.

Die Gespräche am Telefon werden zu viel, ich verliere die Geduld, lasse meine Wut heraus und schreie Fateme an. Ich mache ihr Vorwürfe wegen der verschwundenen Möbel und der Leichtfertigkeit unnötiger Geldausgaben. Ich gebe ihr die Schuld an der Wohnsituation, zeige meine Enttäuschung und sage, dass mir die Kraft und die Lust für die Hilfe ein zweites Mal fehlt. Ich bin erschöpft und nicht mehr sicher, ob es auch gerecht ist.

Niemals werde ich Fateme im Stich lassen, dieses Mädchen, das um so vieles betrogen wurde. Das weder die Kindheit noch die Jugend genießen konnte und den Alltag in Angst, Not und Verzweiflung erlebt. Nichts ist ihre Schuld, sie ist stark, gibt nicht auf, schaut nach vorn!

Letztendlich ist sie es auch, die mich tröstet: „Mach dir keine Sorgen, es wird alles gut."

Am liebsten hätte ich sie in den Arm genommen und sage das auch.

„Das weiß ich doch", bekomme ich mit dem bekannten Lachen zurück.

Ich bin müde geworden, zu Hause werde ich mich ausruhen. Auf dem Sofa liegend entspanne ich mich und habe so meine Gedanken. Ein Wunder müsste geschehen, das wäre zu schön. Es könnte doch ein Wunder geschehen und plötzlich eine Wohnung angeboten werden. Warum gibt es keine Wunder mehr? Vielleicht bin ich einfach nur blind und übersehe die Wunder, die heute geschehen.

Ich schlafe ein wenig und greife danach zum Telefon.

Selma kommt mir in den Sinn. Selma kennt viele Leute, hat viele Kontakte … vielleicht?

Sie hört mir zu, sie kennt Fateme und ihre Familie und versteht die Problematik. Wohnungen in ihrem ehemaligen Elternhaus sind gerade renoviert und sollen vermietet werden. Zwei Wohnungen sind noch frei.

„Wenn ihr Lust habt, schaut sie euch morgen an."

Lust haben? Welche Frage! Ist das Wunder geschehen?

Meine Beine zittern, ich wage es kaum, Fateme anzurufen.

Am nächsten Morgen stehen wir alle in einer 3-Zimmer-Wohnung, Küche, Diele, Bad, Balkon, Neubau. In einer Umgebung, in der Menschen, Geschäfte und Leben zu spüren sind. Mit Ariyan auf dem Arm geht Mariam von Raum zu Raum, streicht über die sauberen Wände und beobachtet das Leben auf der Straße. Atefe findet sofort den Platz, wo das Bett stehen soll, und Fateme muss alles wissen: „Wann können wir einziehen, wie hoch ist die Miete; ist es kein Problem, dass wir Geld vom Jobcenter bekommen …?" Und, und, und.

Mir ist schwindelig. Nie habe ich so hautnah ein Wunder erlebt; dankbar umarme ich alle, sie haben mir ein Wunder geschenkt. Einfach so, an einem normalen Tag, zu keinem besonderen Anlass, einfach so! Ein Wunder.

Ostern

Ein sonderbares Gefühl an diesem Gründonnerstag, als Onkel Franz, Mutters einziger Bruder, unerwartet mit seinem schönen schwarzen Mercedes vorfuhr.
Er lebte an der holländischen Grenze und kam eigentlich nur zweimal im Jahr zu uns nach Köln. Zu Mutters Geburtstag und am ersten Januar, dem Geburtstag der Großmutter. Gemeinsam fuhren wir dann ins Sauerland, um diesen Tag zu feiern.
Dass er heute kam, hatte nichts Gutes zu bedeuten. Ich sah Mutters verweinte Augen, als sie aufgeregt zwei große Taschen packte.
„Mach dich fertig, wir fahren ins Sauerland. Großmutter liegt im Sterben."
Was bedeutete das „im Sterben liegen"? Hatte sie bekannt gegeben, dass sie sterben wolle? Hatte sie sich dazu besonders schön gemacht und hingelegt? Wusste sie den Zeitpunkt?
Der Onkel war genauso nervös wie Mutter und trieb zur Eile.
Die Autofahrt gefiel mir nicht so gut wie sonst. In rasendem Tempo, begleitet von fluchenden Worten über die schleichende Fahrt durch die Dörfer und den aufkommenden Nebel, fuhr Onkel Franz wie ein Wilder.
Mutter murmelte, als würde sie beten, und ich versuchte auf der Rückbank, meine aufkommende Übelkeit zu unterdrücken. Nach drei Stunden waren wir am Ziel und bekamen gerade noch mit, wie ein Priester und zwei rot-weiß gekleidete Messdiener Weihrauch schwenkend ins Haus gingen.
„Die letzte heilige Ölung", jammerte Mutter, „dann ist

es wirklich so weit. Was ist so plötzlich geschehen?"
Ihre Schwester nahm sie herzlich in die Arme. „Es
war ein Schlaganfall heute Morgen."

Großmutter lag in ihrem Bett, sah aus wie ein
altgewordener Engel. Ich sah sie zum ersten Mal weiß
gekleidet, noch dazu in den weißen Kissen. Die rosa
Bäckchen waren der einzige Farbklecks und erinnerten
mich an kleine Pfirsiche. Mutter und Onkel schluchzten
laut, als sie sich ans Bett setzten. Für mich gab es keinen
Grund zum Weinen, und ich schlich mich hinters Haus
auf die Schaukel. Meine Cousinen waren nirgendwo zu
sehen, Tante Therese hatte sie zum Rosenkranzgebet in
die Kirche geschickt.

Die Stimmung im Haus war eigenartig, irgendwie
chaotisch, zugleich unheimlich und still. Mutters
Geschwister wechselten sich ab bei den Besuchen am
Krankenbett und den notwendigen Arbeiten in der
Küche.

Eine große Platte mit belegten Broten und eine Kanne
Milch standen zur Selbstbedienung auf dem Tisch. Wir
Kinder wurden ermahnt, ruhig zu bleiben und uns alleine
für die Nacht fertigzumachen. Die Idee, herumzualbern
oder zu lärmen, wäre uns so oder so nicht in den Sinn
gekommen.

In unserem breiten Schlafkasten lagen wir friedlich
nebeneinander. Gertrude verzichtete auf das Lesen ihrer
Lieblingslektüre *Winnetou*.

Angela stellte dauernd die Frage: „Was machen wir,
wenn Oma tot ist?", und ich kam mir sehr erwachsen vor.
Ich tröstete sie, dass alles schon seinen guten Weg gehen
würde.

Zu frisch waren die Erinnerungen an meine Ferienzeit

im Sauerland, wenn Großmutter uns früh am Morgen geweckt hatte und die Milch geholt werden musste. Warum so früh, warum dieser strenge Ton? „Aufstehen, Kinder! Waschen, anziehen, Morgengebet und Milch holen!" Gertrude und Angela standen schon mit gefalteten Händen vor dem Bett, ich gesellte mich langsam hinzu und murmelte: „Wie fröhlich bin ich aufgewacht …", dabei beobachtete ich Großmutter, wie sie vor ihrem langen schwarzen Kleid und der schwarzen halben Schürze mit kleinen weißen Blüten die knorrigen, abgearbeiteten Hände auf ihrem Bauch zum Gebet gefaltet hielt. Die grauen Haare hatte sie streng aus dem Gesicht gekämmt, mit großen grünen Augen und einer dicken Nase zwischen roten Bäckchen und schmalen Lippen hatte sie leicht gebeugt im Türrahmen gestanden und auf ihre drei hellblonden, in lange weiße Nachthemden gekleidete, betende Enkelkinder geschaut.

Was ich für diese herbe Frau, die meine Großmutter war, empfand, wusste ich nicht genau. Respekt war das Erste, das mir einfiel, Bewunderung und, glaube ich, so etwas wie Mitleid.

Dass Großmutter in dieser Nacht starb, war fast schon unheimlich. Es war Karfreitag, der Tag, den wir frommen Katholiken nur als den Todestag Jesu kannten. Er war gekreuzigt worden, also am Kreuz gestorben, und unsere Großmutter lag friedlich im Zimmer nebenan, auch sie war tot. Für uns Kinder fühlte es sich unheimlich und ein bisschen mysteriös an. Angela hatte sogar die Hoffnung, dass Großmutter vielleicht am Sonntag wieder aufwachen würde. Wir drei wurden zu einer verschworenen Gemeinschaft, überzeugt davon, dass Oma das Gleiche widerfahren könnte wie damals Jesus. Großmutter war eine fromme und gottesfürchtige Frau gewesen. Wenn sie schon an einem Karfreitag gestorben war, dann würde sie bestimmt am Ostersonntag wieder auferstehen.

Angela atmete erleichtert auf, Gertrude wandte sich wieder zuversichtlich den Karl-May-Büchern zu. Mir kam das alles schon ein wenig verrückt vor.

Jetzt, wo Großmutter tot war, änderte sich die Stimmung im Haus. Allmählich wurde in der normalen Lautstärke gesprochen, die Geschäftigkeit nahm zu, alles Mögliche musste geregelt werden. Der Sarg, die Blumen, der Leichenschmaus, die Todesanzeigen wurden zum Hauptgesprächsthema. Zwischendurch hörte ich sogar ein kleines Lachen und war sehr beruhigt. Jeder hatte etwas zu tun, und ich schlich unauffällig in Großmutters Zimmer.

Während der nächsten Tage lag sie dort, wunderschön in einen Sarg gebettet. Ganz in Weiß, in den Händen einen Rosenkranz, Myrtenzweige um den Kopf, ein schlichtes Kreuz auf dem Kissen. Große Blumentöpfe mit hohen Pflanzen standen um das Bett herum. Mittlerweile erschienen stündlich die Dorfbewohner. Sie kamen, um Abschied zu nehmen, und tranken ein kleines Schnäpschen oder aßen ein Stück Streuselkuchen.

Die traurige Stimmung im Haus war nun endgültig vorbei, die Tanten sprachen von ihrer Mutter in der Vergangenheit, sie erinnerten sich an viele schöne Dinge und bewunderten oder beseufzten das harte Leben, das die Großmutter aufopferungsvoll, ohne zu klagen, gottesfürchtig und in Demut ertragen hatte.

Ich versuchte mir vorzustellen, wie sie als junges Mädchen gewesen sein mochte, als sie sich in Großvater verliebte und ihren ersten Kuss bekommen hatte.

Vorsichtig fragte ich nach, was jetzt wohl an Ostern geschehen würde. Meine Mutter war entsetzt. „Wie kannst du nur beim Tod deiner Großmutter an Eier färben und solche Dinge denken." Dass dem nicht so war und ich mich eher mit der Auferstehung beschäftigte, wollte ich dann doch nicht weiter ausführen.

Ostern machte sogar dem Termin für die Beerdigung einen Strich durch die Rechnung. Onkel Franz hatte es eilig, zurück nach Holland zu kommen; wegen der Feiertage würde alles einige Tage länger dauern, ärgerte er sich.

„Warte erst mal Ostern ab, was an Ostern passiert, Onkel." Mit diesen Worten erntete Angela nur ein allgemeines Kopfschütteln.

Die Aufregung hatte alle im Haus müde gemacht, wir Kinder waren uns mehr oder weniger selbst überlassen und nutzten die Gelegenheit. Die Osternacht gehörte uns. Als im Hause alles mucksmäuschenstill war, schlichen wir in das Zimmer zu Oma. Es gefiel uns sehr gut, sie so still und schön aufgebahrt zu sehen. Gertrude leuchtete mit der Taschenlampe, und wir drei hatten den gleichen aufgeregten Ausdruck im Gesicht. Angela kicherte ein bisschen und nahm meine Hand. Wir wurden nicht satt, auf Großmutter zu schauen. Ab und zu fielen uns die Augen zu. Wir stützten uns gegenseitig und Gertrude schaffte es nicht mehr, die Taschenlampe zu halten.

Ich übernahm sie und bewegte das Licht durch das gesamte Zimmer. Und dann sahen wir es ganz deutlich: Die Großmutter strahlte, sie strahlte, und uns überkam ein unglaublich feierliches Gefühl.

„Jetzt ist sie in den Himmel gefahren", kam es über Angelas Lippen.

„Das war Manitu, er hat sie in die ewigen Jagdgründe geführt." Gertrude war überzeugt.

„Ostern, das Fest der Auferstehung, Großmutter hatte dem Tod den Stachel genommen."

24.02.2022 KRIEG

Unsicher sind sie bei den Menschen ihrer Nachbarschaft. Wem können sie trauen, wie ist deren Gesinnung? Die Treffen mit Max, dem russischen Freund, finden in der Ukraine im Tabakwarengeschäft von Adele statt. Trotz der gebotenen Vorsicht fühlen sie sich hier mittlerweile am wohlsten. Es ist so, als gehöre dieser Ort zu einer anderen Welt.

Die Theke aus massivem Holz, bedeckt mit einer schweren Glasplatte, steht wie eine Festung, an der niemand ungehindert vorbei kommt. Eine blank polierte Kasse mit kleinen und großen Perlmuttknöpfen, vielen Tasten und kunstvoll angefertigten Hebeln. Beim Aufspringen der Schublade ertönt jedes Mal dieser schrille Klingelton. In hohen Regalen die bauchigen, in Korbgeflecht gehüllten Cognacflaschen, auf deren Etiketten die Namen der Hersteller und farbige Bilder der jeweiligen Herkunftsorte zu sehen sind. Eine schwachgelbe Beleuchtung, brauner Teppichbodenbelag, vor allem aber der Duft – ein Gemisch aus Tabak und Spirituosen – geben dem Ganzen etwas Heimeliges und gleichzeitig Verruchtes. Eine nicht auf Anhieb erkennbare Tür, behangen mit roten Samtvorhängen, führt ins Hinterzimmer, eine Art Büro. Neben dem überfüllten Schreibtisch mit Schreibmaschine befinden sich ein rot und grün gestreiftes Chaiselongue, ein kleiner runder Tisch, ein Regal gefüllt mit Büchern und Porzellan. Das Reich Adeles.

Sie steht auf aus einem schweren Polstersessel und streckt den Freunden herzlich beide Hände entgegen. Max verschließt die Ladentür, setzt sich auf den

Drehstuhl vor dem Schreibtisch, bewegt sich unruhig hin und her und lässt die Türe nicht aus den Augen. Mit einer zärtlichen Bewegung streicht Adele über seine Schulter. Leicht zuckt er zusammen, bevor er sich beruhigt. Sie vergessen alle Zeit, werden traurig und sentimental. Max lehnt seinen Kopf in den weichen Schoß Adeles und spricht von der Zeit, als die Freundschaft zwischen Russen und Ukrainern kein Risiko war.

Verstecken, das schöne Kinderspiel, dessen Ausgang stets mit der Freude über die Gefundenen endete, hatte er geliebt. Verstecken heißt jetzt aufpassen, es gibt einen Feind, den du nicht kennst, der vielleicht dein Nachbar oder gar Freund ist. Verstecken, ein Spiel, dessen Ausgang nicht die Freude über den Gefundenen, sondern die Angst ist, entdeckt zu werden, um kämpfen zu müssen. Gegen wen? Gegen den, der gestern noch dein Freund war? Warum? Adeles tiefe, freundliche Stimme nimmt seine Angst. Sie bereitet Kaffee, findet einen Radiosender mit leichter Musik.

Im Schein der Kerzen stehen die Aschenbecher neben den Cognacschwenkern. Wie eine verschworene Gesellschaft sitzen sie in geduckter Haltung eng beieinander, Ukrainer und Russen. Sie trinken Cognac, rauchen, vertreiben mit ihrem Qualm die dunklen Wolken, lassen sich einfach treiben. Adele schenkt erneut ein und entzündet die Zigarre. Alle ziehen den Rauch ein, sinken in die tiefen Sessel. Sie schließen die Augen und empfinden die Stimmung als wunderbar.

Bis auf die Angst, die sie spüren und die Ungewissheit, was der nächste Tag bringen wird.

Morgen ist Veronicas Geburtstag. „Der heutige Tag

gehört noch uns, machen wir das Beste daraus." Der Spruch am heutigen Abend von Yegor, ihrem Mann. Hier sitzen sie zusammen mit Max, ihrem russischen Freund, und Adele, seiner jüdischen Freundin, die ihre erste Heimat Deutschland verlassen und in Kiew ein neues Zuhause gefunden hatte. Ilya, der kleine Sohn von Veronica und Yegor, schläft beneidenswert ruhig auf der Chaiselongue im Nebenzimmer.

Die politischen Ereignisse, die unfassbaren Veränderungen in der Stadt sind es, die die Paare zwingen, auf der Hut zu sein und die Geschehnisse in der Umgebung, aufmerksam zu beobachten.

24. Februar 2022 – Veronicas Geburtstag.

Sie hört ihrem Mann zu, der mit eindringlicher Stimme und ernster Miene auf sie einredet. „Es ist so weit, furchtbare Zeiten kommen auf uns zu. Ukrainer und Russen werden zu Feinden erklärt. Russland hat uns angegriffen. Wir müssen mit dem Schlimmsten rechnen."

Was ist das Schlimmste?

Veronicas Versuch, vernünftig zu bleiben, gelingt kaum. Sie weint, nimmt hastig das Kind aus dem Bett, schaut aus dem Fenster, es sieht alles so normal aus. Heute ist ihr Geburtstag, sie will einen schönen Tag haben, will feiern und fröhlich sein. Ein ganz normaler Tag im Februar, es ist kalt, der Himmel ist blau und bis auf die Nachrichten, die ununterbrochen zu hören sind, nicht ungewöhnlich. Der Fernseher läuft, auf der Straße haben sich jetzt Menschen versammelt. Yegor hockt ganz dicht vor dem Gerät, so als ob es so besser zu verstehen wäre. Von Weitem sind laute Geräusche zu hören, Explosionen? Yegor nickt bejahend. Was müssen wir tun?

Veronica setzt sich zu ihrem Mann. Sie sind ein Paar, das Probleme auf sich zukommen sieht, mit denen es gemeinsam fertig werden muss. Die nächsten Tage sind für Yegor gezählt, er erhält die Nachricht, jederzeit bereit zu sein für die Verteidigung der Ukraine. Es wird darüber gemunkelt, dass unzählige Russen, die bis jetzt an der Grenze Manöver hatten, nach Kiew einmarschieren würden. Veronicas diesjähriger Geburtstag wird zu dem Datum, das ihr Leben unweigerlich verändern wird. Die Dunkelheit wird zum Verbündeten des Paares. In der Abendstunde, wenn der Kleine in seinem Bett liegt, kommt die Zeit, wo sie beieinandersitzen, den Tränen still ihren Lauf lassen, sich gegenseitig stützend aneinander lehnen. Veronica und Yegor, vielleicht ohne Chance, wichtige Veränderungen durchführen zu können, doch in der Gewissheit, dem anderen bedingungslos zu vertrauen. Die Bereitschaft, ihr Land, die Demokratie und Freiheit zu verteidigen, ist so groß, dass nichts sie daran hindern wird, ihre Kraft hierfür einzusetzen. Warum muss es gerade dieser bedrückende Anlass sein, die Nähe des anderen so intensiv zu spüren wie nie zuvor? In ihrer Ehe ist es seit Langem nicht mehr so, wie Veronica es sich vorgestellt hatte. Es gibt keine bösen Worte, doch auch keine Nähe mehr. Sie haben sich miteinander arrangiert, respektieren sich und geben einander genügend Freiraum. Dem Kind sind sie gute Eltern und verbringen ihr Leben so, wie sie es von den meisten jungen Familien glauben. Es gab Zeiten, in denen Veronica sich mit Yegor als Paar gefühlt hatte. Momente, in denen sie ihm sehr nahe war, dass sie dachte, so müsse es in einer Ehe sein. Gleicher Meinung sind sie bei den Gedanken an die Nöte der Freunde, bei den

Überlegungen, helfen zu müssen. Gleichermaßen verachten sie die politischen Veränderungen, verabscheuen sie den Wahnsinn, der da stattfindet. Gewünscht hätte sie sich eine zärtliche Umarmung, Zeichen und Gesten, in denen sie seine Liebe fühlen konnte. Berührte sie ihn vorsichtig, zeigte sie ihre Bereitschaft, erschrak er. Enttäuscht, verletzt und traurig hatte sie sich zurückgezogen und das Gefühl, ihm eine Last zu sein, ließ sie nicht los. Ihre Hoffnung, dass die schreckliche Zeit in dieser Beziehung eine Veränderung mit sich bringen könnte.

Die Lage im Land wird täglich dramatischer. Sie befinden sich in einem Zustand, der sie beherrscht und keine anderen Gedanken als „es ist Krieg" zulässt. Angst und Sorgen, gepaart mit Unverständnis und Wut. Jegliche Normalität ausgeschaltet, ihre Tätigkeiten bestehen darin, zu organisieren, Vorräte anzuschaffen und zu versuchen, dem Hass keine Gelegenheit zur Ausbreitung zu geben.

Die erste Begeisterung für den lauten Krach eines Geschosses hat sich bei dem Kind in ängstliches Weinen gewandelt. Ilya sucht die Nähe der Mutter oder verkriecht sich unter dem Sofa.

Der Kontakt zu den Verwandten, den Großeltern, die auf dem Land nicht allzu weit weg von Kiew leben, wird intensiv. Solange es noch geht, telefonieren sie miteinander und überlegen einen Umzug von Veronica mit dem Kind dorthin. Viele Menschen machen sich auf den Weg, sie flüchten, verlassen die Heimat und suchen Schutz in den Nachbarländern. U-Bahn-Stationen bieten Unterkunft für die verängstigten Menschen. Sie verbringen die Tage und Nächte in den unterirdischen Schächten, haben sich dort eingerichtet, wohnen dort mit ihren Familien.

Was war gestern? Gab es noch eine andere Welt? Es bleibt keine Zeit, darüber nachzudenken. Jetzt geht es ums Überleben. Jeder muss sich allmählich eingestehen, dass die Lage aussichtslos, dass dies der Alltag und nicht eine Ausnahmesituation ist.

Wo kann Veronica in Ruhe mit dem Kind leben? Yegor hätte es am liebsten gesehen, wenn seine Frau mit dem Jungen zu seinen Eltern aufs Land fahren würde. Die Lage ist ernst. Innerhalb der nächsten Woche hat er an seinem Standort zu sein. Er besteht darauf, Frau und Kind aufs Land zu bringen. Bei seiner Mutter sind sie auf jeden Fall sicher und besser aufgehoben.

Zum Glück freut sich Ilya, für die Eltern hat sich die Welt verändert, für sie gibt es die hellen leuchtenden Farben nicht mehr. Es scheint alles grau und unfreundlich. Veronica wagt es nicht, an die Zukunft zu denken. Hoffentlich würde sie das Richtige tun. Wann würde sie wieder etwas von Adele hören? Die Freundin und Max so im Ungewissen zu lassen, belastet sie sehr. Was würde mit der Wohnung passieren? Soll sie mit ihrem Kind wirklich zu der Schwiegermutter fahren? Wie wird es mit Yegor weitergehen, wo war Max? Veronica hat nur noch den Wunsch zu schlafen. Am nächsten Tag will sie in der Lage sein, weitere Entscheidungen zu treffen.

Die letzte Woche für Hans bricht an, ein Wochenende bleibt ihnen noch. Veronica hat sich entschieden, in der Stadt zu bleiben. Sie braucht die Verbindung zu der Wohnung, ein Fortgehen wäre so endgültig, käme ihr wie ein Verrat vor.

Die Tage, die Yegor zu Hause ist, sind zunehmend anstrengend. Beide nicht gewohnt, den Tag miteinander zu verbringen, gehen sich aus dem Weg. Veronica schläft mit dem Kind im Arm. Yegor redet kaum und läuft aufgescheucht von einem Raum in den anderen, schaut wartend aus dem Fenster.

Eine gute Nachricht kommt von Adele. Den nächsten und letzten Abend von Yegor wollen sie in ihrem Laden verbringen. Hier trinkt Yegor so viel Wodka, um das ganze Elend dieser Stunde zu vergessen.

Veronica ist sich nicht sicher, wem seine Traurigkeit gilt. Er redet mit sich selbst, bedauert seinen miserablen Zustand. Sie ist nahe daran, es den Männern gleichzutun, vielleicht war ja an dem Spruch *Trinken, um zu vergessen* etwas Wahres.

Adele kann nur lächeln beim Anblick der Tristesse, es ist ein einfühlsames Lächeln, das die Herzen erwärmt. Woher nimmt sie die Kraft, die Freunde sich in ihrer Gegenwart so wohlfühlen lässt? Selbst das Kind spielt in diesem verrauchten und vernebelten Zimmer hingebungsvoll mit dem kleinen Auto, das Adele für solche Zwecke im hintersten Regal aufbewahrt.

Es wird längst Zeit für den Jungen, nach Hause zu gehen. Veronica erschrickt über ihre Nachlässigkeit, will so schnell wie möglich fort. Das Bild von Yegor vor Augen, mit halbaufgeknöpftem Hemd, das Glas mit dem Wodka schwenkend, halb liegend auf der Chaiselongue. Seine glasigen Blicke den schwingenden Bewegungen des Getränks folgend. Hin und her, auf und nieder schaukelnd, keinen festen Boden unter den Füßen bekommend. In wessen Hand liegt es, Ruhe in die Bewegungen zu bringen? In diesem Zustand wird er es nicht schaffen, mit ihr nach Hause zu fahren, er muss nüchtern sein.

Veronica gefällt es, ihn so gelöst zu sehen, er ist so sanft und zärtlich. Den nüchternen Yegor erlebt sie gefangen in nicht nachvollziehbaren Zwängen. Zum Glück ist es ruhig in dieser Nacht, kein Sirenengeheul, keine Geschosse zu hören. Eine unheimliche Stille, doch auf den Straßen dieser beißende Geruch. Adele begleitet Veronica allein mit dem Kind zurück nach Hause.

In ihrer Wohnung ist es kalt, wirkt alles steril. Veronica vermisst die Gemütlichkeit des Tabakladens. Während sie das Kind zu Bett bringt, zaubert Adele ein wenig Wärme in die Räume. Sie hat noch einen Rest Wein eingegossen, eine Kerze angezündet und im Radio sogar Musik gefunden.

»Wird Max dir sehr fehlen?« Veronica beginnt das Gespräch und hofft auf eine redefreudige Adele.

»Max fehlt jedem, der ihn einmal kennengelernt hat; er ist einfach umwerfend, er vereint so vieles in sich.«

»Du meinst, ein Sympathieträger, der mit seinem Charme alle um den kleinen Finger wickeln kann.«

Adele nickt zustimmend, ist aber der Meinung, dass diese Angaben zu oberflächlich sind, gemessen an den menschlichen Qualitäten von Max. Dieser Mann, in seiner Liebenswürdigkeit, emphatisch und herzberührend, hatte sie bei der ersten Begegnung erobert. Sie liebt seinen Humor, die intelligenten Reden, seine Begeisterung für Musik und Kultur. »Durch ihn habe ich Dinge kennengelernt, für die ich bis dahin blind gewesen bin. Ich höre gebannt seiner wunderbaren Stimme zu, lausche seinen Erzählungen über Gott und alle Welt. Durch ihn lerne ich Männer und Frauen kennen, die so ein ganz anderes Leben führen als ich, Lebensweisen, die ich früher verurteilt hätte und jetzt als Kostbarkeit empfinde. Zur wichtigsten Aufgabe meines Lebens ist es geworden, Max zu beschützen und zu bewahren.«

Veronica hatte sich eigentlich vorgestellt, den letzten Sonntag mit Yegor alleine zu verbringen. Sie hatte vor, viele Dinge mit ihm zu bereden, ihm ihre Liebe verständlich zu machen, das Gefühl, dass sie aneinander vorbeileben, aus der Welt zu schaffen. Sie bekommt ein schlechtes Gewissen, schämt sich für den betrunkenen Yegor, entschuldigt sich für den vergeudeten Abend, den Adele hinnehmen musste.

»Mach dir keine Gedanken um mich, ich weiß, dass Max heute Abend glücklich ist. Ich habe das so gewollt und bin froh darüber. Wer weiß, wann er Yegor das nächste Mal sieht, die Zukunft ist so ungewiss.«

Warum versteht Veronica erst so spät, was da vor sich geht, ist sie naiv, was ist passiert?

Adele schaut in ein ungläubiges Gesicht, Veronica hat keine Ahnung.

Es wird sehr ruhig, alles steht still, kein Lufthauch regt sich. Die Dunkelheit legt sich mit unheimlicher Schwere auf die Frauen. Es helfen kein Wein und keine Musik. Atemlosigkeit, tröstende Hände werden schroff zurückgewiesen.

»Ich muss jetzt alleine sein, bitte verstehe das.« Veronica bittet die Freundin zu gehen.

»Verurteile ihn nicht, dieses Leben ist schwer genug. Ich bin für dich da, wenn du mich brauchst.«

Veronica steht nicht auf, als sie das Geräusch der Türe hört. Die Stimme ist ihr fremd. Sein Bekenntnis: „Ich liebe einen Mann, mein Versuch, dies zu ändern, ist mir nicht gelungen. Meine Gefühle für dich sind ehrlich, aber nicht ausreichend genug, gegen die andere Liebe standzuhalten. Ich habe dich nicht ausgenutzt, wollte treu zu dir und unserem Kind sein. Es ging nicht. Ich bin verloren. Ich kann dich nur noch um Verzeihung bitten. Selbstverständlich sorge ich für euch, dem Jungen möchte ich ein guter Vater sein. Jetzt in diesen Zeiten steht alles in den Sternen, doch wenn du es annehmen kannst, will ich für euch da sein. Wie wir miteinander umgehen werden, liegt in deiner Hand. Ich bitte dich nur, eine Nacht verstreichen zu lassen, bevor du etwas sagst. Akzeptieren werde ich alles, ich bin schuldig."

Genügt der Krieg nicht allein?

Veronica macht das, was vernünftig ist. Sie hasst dieses Wort mittlerweile und weiß gleichzeitig, dass sie vernünftig sein muss. Sie beneidet Adele, die ihr vieles voraushat, die ihr Vorbild und ihre Verbündete zugleich sein sollte.

Der Koffer, mitten im Zimmer aufgestellt, beweist den Ernst der Lage. Yegor versucht unterzubringen, was ihm wichtig ist. Das Kind versteht nicht den Sinn der ungewohnten Aktionen. Das Verhalten der Eltern ist ihm ebenso fremd wie die Veränderungen in der Wohnung. Er schmiegt sich an die Mutter und erschrickt über die Tränen, die er zu verursachen glaubt. Der Vater tröstet ihn, nimmt ihn auf den Arm, versucht ihm klarzumachen, dass er in der nächsten Zeit auf die Mutter achten müsse.

Veronica will sich dieses Bild bewahren. Yegor mit ehrlichem, liebevollem Blick dem Sohn zugewandt, das Kind ernsthaft zuhörend, den Kopf geneigt und eine Hand vertrauensvoll auf die Schultern des Vaters gelegt.

Unmöglich hat sie ein Recht darauf, dem Kind den Vater zu nehmen.

Wessen Schuld ist seine Veranlagung? Gibt es überhaupt eine Schuld? Viel zu wenig weiß sie über das Leben dieser Menschen, die als Randgruppe vom größten Teil der Gesellschaft zu diesem unehrlichen Leben gezwungen wird.

Sie verurteilt niemanden und sagte Yegor, dass er weiterhin ihr Mann bleiben würde. Ihr Wunsch ist es, dem Sohn eine glückliche Kindheit in einer liebevollen Familie zu geben, soweit es in dieser verwirrenden Zeit möglich ist.

Yegor verschwindet in diese dunkle Welt. »Gott soll ihn schützen«, der Wunsch Veronicas. Die Unbeschwertheit des Kindes, sein argloses Geplapper, sein Bedürfnis, versorgt und beschäftigt zu werden, lenkt sie ab.

Von den Menschen in der gewohnten Straße sind viele zu Fremden geworden, die Gespräche beim Einkauf oder mit anderen Müttern im Park verlaufen nicht mehr frei und unbeschwert. Wem kann man trauen, was darf man sagen. Es gibt Vorschriften, die streng einzuhalten sind. Was sie verbindet, ist das große Leid, das sie ertragen müssen. Die Versuche, nicht daran zugrunde zu gehen und Wege zu finden, ein einigermaßen sicheres Leben zu erhalten. Die Freiheit aufgeben – auf keinen Fall. Die beschwörenden Worte der Politiker sind nicht zu überhören, überzeugen davon, in diesem Kampf als Sieger hervorzugehen.

Sie hat es nicht für möglich gehalten, sich an das Leben im Kriegszustand der Großstadt gewöhnen zu können. In ihrem Viertel ist sie bekannt und hilft, wo sie kann. Die Nachbarn erleben sie freundlich und zuverlässig. Man vertraut sich gegenseitig, die Hilfsbereitschaft ist übergroß. Die Menschen kommen sich nah, das miteinander Teilen macht sie zu Brüdern. Die Scham, die in den langen Nächten in den Kellerräumen nicht einzuhalten ist, verliert sich. Man versteht und respektiert. Das Elend betrifft alle gleichermaßen.

Lebensmittel werden knapp, der Geburtstag des Kindes steht bevor. Ein Kuchen muss gebacken werden. Veronica stellt sich rechtzeitig in die Warteschlange des Lebensmittelgeschäfts und wird ungeduldig. Sie ist erschöpft, schlaflose Nächte und die ewige Angst kann sie nicht mehr ertragen. In ihrer Not fasst sie den Entschluss, mit Ilya zu den Großeltern zu flüchten. Sie möchte ihm den Anblick der verbrannten Häuser und Stadtteile in Trümmern ersparen. Das Ausmaß der Zerstörung ihrer wunderschönen Heimat bricht ihr das Herz. Meldungen von brutalen Überfällen und Gräueltaten an Frauen, alten Menschen und Kindern will sie nicht wahrhaben.

Ein paar Tage abschalten, einfach mal zur Ruhe kommen. Veronica findet ein Auto, das sie und Ilya sicher, doch über viele Umleitungen ins Dorf zu den Großeltern bringt.

Die Mutter, schweigsam und ernst, nimmt die Schwiegertochter ohne viele Worte in den Arm und freut sich über den hellblonden Enkel. Veronica kann zur Ruhe kommen, ganz ungewohnt legt sie sich »unters Haus« – in den Garten – und wundert sich, dass in diesen belasteten Tagen der Himmel blau ist, dass die Sonne scheint, ihr Leib und Seele erwärmt und die Vögel unverschämt drauflos zwitschern.

Der Junge wird schnell zum Liebling der Tanten und Cousinen, die es lieben, mit ihm zu spielen und ihn zu bemuttern. Es gibt genug zu essen und die dunklen Bilder verschwinden allmählich.

Der Zufluchtsort hat seine Dienste getan. Veronica wird unruhig. War es richtig, so einfach die Stadt zu verlassen? Die Wohnung steht leer, es ist ungewiss, ob Yegor dort hinkommen würde. Sie vermisst ihren Mann, hat Angst um ihn. Von Adele hat sie sich nicht einmal verabschiedet, sie weiß nichts von deren Sorgen.

Schweren Herzens lässt sich dazu überreden, den Sohn im Dorf zu lassen, und macht sich auf den Weg zurück in die Stadt. Eine Feuerpause ist vereinbart, und die Russen haben es nicht geschafft, Kiew zu erobern. Ihre Kämpfe konzentrieren sich auf den Süden des Landes. Mariupol, die große und wichtige Hafenstadt, ist das Ziel heftiger Angriffe und vieler Verluste auf beiden Seiten.

Immer wieder ist es das Nichtverstehen und Nichtbegreifen dieser furchtbaren Aktionen. Ihre Wohnung steht noch, das Leben in der Stadt geht verhältnismäßig gelassen weiter. Viele Geflüchtete sind zurückgekehrt. Von Yegor gibt es keine Nachrichten.

Als Nächstes gilt es, Adele, der sie sich näher fühlte, die aus dem gleichen Holz wie sie geschnitzt ist, wiederzusehen. Die Verbundenheit des gleichen Schicksals braucht diese Nähe. Es gibt Geheimnisse, die nur ihnen beiden gehören.

Der kleine Tabakladen ist nicht nur Zuflucht für Max. In den hinteren Räumen, völlig uneinsichtig, treffen sich Menschen, die etwas bewirken wollen und einen Ort zum

Durchatmen brauchen. Hinter jedem schweren Vorhang sieht man in andere Gesichter. Sie sind im Untergrund tätig und auf die Hilfe der Zivilisten angewiesen.

Adele kennt ihre Leute. Mit einem nicht zu deutenden Lächeln hört sie jedem zu, hebt hin und wieder die Augenbrauen, redet kaum, gibt jedem das Gefühl, verstanden zu werden, schaut aufmerksam und interessiert dem Gegenüber in die Augen. Eine Zigarre qualmt immer, ihr Rauch sorgt dafür, dass nicht alles im klaren Licht erscheint. Solange es geht, wird Wodka nachgefüllt. Die Zeiten sind gut organisiert, aber anstrengend. In den Stunden, wo Veronica aushelfen kann, gönnt sich Adele einen kurzen Augenblick, um völlig erschöpft die Augen zu schließen und die Beine hochzulegen.

Niemand weiß, dass Max, der Russe, versteckt in den Räumen lebt.

Die nächsten Fahrten zu den Schwiegereltern unternimmt Veronica in der Nacht. Es ist gefährlich, die Strecke liegt unter Bombenbeschuss und wird meist um diese Zeit bombardiert. Diese Fahrten sind nötig, die gehamsterten Essensrationen reichen für sie und das Kind, Adele und Max.

»Es muss sein« – mit diesem Gedanken schafft Veronica die Wege und die lang gezogenen Sirenentöne und das erschreckende Geräusch der Bomben zu hören und gleichzeitig zu ignorieren. Wind und Wetter spielen keine Rolle mehr, für sie ist der Himmel nur dunkel und sternlos.

In der Stadt, die Freunde sind dankbar, doch es ist Max, dem die Gefangenschaft zur Hölle wird. Er hält es nicht mehr aus, ständig auf der Hut zu ein. Jedes fremd klingende Geräusch ruft Angst und Schrecken hervor. Dabei kennt er jeden Schritt, jede Stimme. Jedes Räuspern und Lachen ist ihm vertraut. Mit geschlossenen Augen weiß er, welche Person in welchem Raum umherläuft oder sich auf dem Sofa rekelt. Er vernimmt ihren Geruch und spürt fast ihre Bewegungen.

Allmählich hasst er diesen Zustand, sehnt sich nach der Sonne, dem Wind und frischer Luft. Regungslos, fast atemlos verläuft sein Leben, jede Lebendigkeit stirbt.

»Ich bin geduldig, warten und versteckt sein habe ich gelernt.« Die eigenen Worte töten ihn allmählich. Selbst die Dankbarkeit und zärtliche Liebe zu Adele wandelt sich in Wut und Aggression.

Adele versteht jede Regung und lässt sich ein auf sein Trauern und seine Anschuldigungen.

Veronica wird zornig, wünscht, dass Max sich zusammenreißt.

»Er ist doch in einem Käfig. Schlimmer noch, er existiert gar nicht. Wie soll er das aushalten? Er hat mehr zu leiden als wir. Er muss beschützt werden«, versucht Adele zu erklären.

»Was ist dein Lohn, was hast du von ihm? Max bringt dich an den Rand deiner Kräfte. Du lebst in ständiger Gefahr, musst dich einmal ausruhen.« Veronicas Versuche, die Freundin zu warnen – vergeblich. Adeles Lächeln und auch ihre Antwort kennt sie schon. Ihr eigenes Leben, ein ähnlicher Weg. Dem Ehemann treu zu bleiben bis in den Tod, ihn zu lieben und zu ehren hatte sie versprochen. In guten und in bösen Tagen. Veronicas christliche Erziehung und Adeles Glaube an die Liebe vermag dieses Opfer zu bringen.

»Wenn sein Herz auch einem Mann, deinem Mann

gehört, so war er ehrlich zu mir. Max hat das nie verschwiegen und mir eine Liebe geschenkt, die ungewöhnlich, aber wunderbar und einzigartig für mich ist. Solange er es wünscht, werde ich für ihn da sein.«
Veronica versteht. Sie nimmt sich vor, Adele abzulösen, wenn die Arbeit im Laden zu viel wird. Es gibt nichts Besseres, als dem richtigen Menschen begegnet zu sein.

Immer gibt es eine Person, die im richtigen Moment die passenden Worte findet oder mit einem schweigt.
Max und Adele, die nicht ohneeinander leben können. Eine helfende Hand, eine sanfte Berührung, die Gewissheit, beschützt zu sein. Es zählen weder Stunden noch Tage, was zählt, ist die Hoffnung, die sie sich gegenseitig zuflüstern, die sie stärkt.
Veronica ist es, die weiterhin genügend Essensrationen besorgt. Bei ihrer letzten Fahrt bringt sie Iliya mit nach Kiew. Der Junge hatte Sehnsucht nach der Mutter und sie hat das Kind vermisst. Sie sind froh, beieinander zu sein. Die Großeltern finden Wege, hin und wieder Pakete mit Lebensmitteln zu schicken. Ein kleines, rotes Spielzeugauto ist dieses Mal dabei, wird zum ständigen Begleiter des kleinen Jungen. Er hält es in der Hand, wenn er schläft. Er rollt es über den Tisch, den Schrank und den Holzfußboden in der Küche. Seine Stimme begleitet das Spiel. Sie hupt und bremst, fährt langsam oder schnell, knallt gegen einen Baum und ruft die Polizei. Die Nachahmung der Geräusche, die eigene ungestörte Welt des Jungen gibt Veronica das Stück Normalität, nach der sie sich sehnt. Es ist die schönste Stunde des Tages; sie bemüht sich, den Jungen nicht zu

stören, ihn so lange wie möglich in dieser Welt zu lassen.

In den letzten Wochen häufen sich die Bombenanschläge auf die Stadt. Die Bevölkerung wird wieder aufgerufen, sich nach den Vorwarnungen grell anhaltender Sirenentöne in die Luftschutzräume zu begeben.

Veronica wird einem großen Bunker in der Nähe ihrer Wohnung zugeteilt. Die Abende verlaufen täglich auf die gleiche Art. Nach der vorgeschriebenen Verdunklung der Fenster zieht sie Kleider, Jacken und Mantel an. Das Kind, ebenfalls komplett bekleidet, legt sie auf ein breites Kissen auf den Küchentisch. Es fährt noch einige Male mit dem roten Auto hin und her und gewöhnt sich an den neuen Schlafplatz. Veronica an dem gleichen Tisch, den Kopf ein wenig auf das Kissen geschoben, mit Angst vor der Sirene, die neues Unheil ankündigt.

Wie viele Nächte sie so verbringt, zählt sie nicht. Während der Zeit im Bunker sind die Gedanken bei Adele und Max, die keine Möglichkeit haben, sich zu schützen. Niemals wäre Max von Adele alleine gelassen worden. Wie die beiden die Angstnächte verbringen, ist nicht Adeles Sorge. Vielmehr muss sie immer wieder neu überlegen und erfinden, wo sie Schutz suchen können. Die Kontrollen sind streng.

Die Minuten nach den entwarnenden Signalen sind die schlimmsten. Was wird sie erwarten? Veronica mit dem Kind an der Hand, dem Kissen in ihrem Arm, stolpert mehr, als sie läuft. Der Anblick des unversehrten Hauses, ein Glücksmoment.

Wie sich die Bilder gleichen!

Dieser Text wurde am 8. Mai 2022 geschrieben. An diesem Tag vor 77 Jahren endete der Zweite Weltkrieg. Heute ist wieder Krieg! Der Text ist bis auf die Namen der Orte und Personen der gleiche, den ich vor 10 Jahren für das Geschehen im Jahr 1945 geschrieben habe. Nie wieder Krieg?

Fräulein Esch

„Im Frühjahr, wenn die Natur zu neuem Leben erwacht, wird der Biologieunterricht am Ententeich verbracht. Hier lernen Sie Pflanzen und Kräuter kennen, die Dinge beim richtigen Namen zu nennen." Mit diesen Worten beginnt der Unterricht von Fräulein Esch.

Die erwartungsvollen Blicke junger Mädchen in dieser ersten Stunde der Ausbildung sind auf die etwas merkwürdige Erscheinung der Lehrerin gerichtet und nebenbei verstohlen in die Gesichter der Mitschülerinnen, die sie noch nicht kennen.

Fräulein Esch ist in einem Alter, das die Pensionierung längst erreicht hat und die nicht in die heutige Zeit zu passen scheint. Die silbergrauen Haare, zu einem Kranz geflochten, umrahmen ein Gesicht mit rosigen Wangen und großen grünen Augen. Eine freundliche Großmutter aus einer längst vergessenen Zeit mit einer Stimme, die lächerlich altmodisch klingt.

Fräulein Esch betont gleich zu Beginn, dass sie die Bezeichnung *Fräulein* bevorzugt und keinesfalls Frau Esch genannt werden will. „Die Fügung hat es so gewollt."

Neben der Fügung, vermuten die Mädchen kichernd, waren bestimmt auch andere Gründe im Spiel. Dicke, grüne Faltenröcke, Wollstrümpfe und eine Bluse, die am Hals mit einer runden Brosche zurückgehalten wird, sind weder reizvoll noch attraktiv. Sie schmunzeln und können die freundliche alte Dame nicht einordnen.

Die lederne, abgenutzte Aktentasche auf dem Pult ist die Aufbewahrung für ihre Brille, einige Hefte und Stifte und eine Brotdose, die sie pedantisch an die äußere Ecke des Tisches legt.

„Widmen wir uns nun dem Ernst der Lage. Nennen Sie Ihren Namen, stellen Sie sich vor. Ich mache mir Notizen und stelle bei Bedarf einige Fragen."

Lisa kann sich nicht mehr halten, sie prustet los, hält erschrocken die Hand vor den Mund, duckt sich vor den spöttischen Blicken der anderen.

„Beginnen wir hier in der ersten Reihe mit dem Fräulein auf dem ersten Platz."

Schüchtern erhebt sich eine dunkle Schöne; sie schaut unsicher in die Klasse, als erwarte sie Unterstützung. „Barbara", kommt es leise.

Es ist still, zu hören nur das regelmäßige Klopfen eines Stifts auf dem Tisch von Fräulein Esch. Diese kneift die Augen zusammen, überlegt eine lange Weile, bevor die Bemerkung zu Barbaras dunklen Augen und Haaren fällt. Es erscheint ihr sehr suspekt, dass Barbara eine Deutsche ist.

„Haben Sie schon einmal Ahnenforschung betrieben? Man wundert sich, was dabei alles ans Tageslicht kommt." Die Stimme verliert bei dieser Feststellung ihre Sanftheit, wird streng, fast abweisend.

Bei Mariella ist es der Akzent, den sie einer Italienerin zuordnet. „Da kann man nichts machen", so ihr Kommentar.

Von den drei jungen Nonnen in der zweiten Reihe erwartet Fräulein Esch keine Antwort. Dem bekannten Lächeln folgt der wohlwollende Blick mit der Feststellung, dass es außer Frage steht, dass die drei selbstverständlich Deutsche sind.

Inge ist an der Reihe, lustlos erhebt sie sich, ihr gefällt

das Verhalten der Lehrerin nicht, die sie mit strahlendem Gesicht und winkenden Händen zu sich ans Pult ruft. Widerwillig erträgt sie kurz, dass Fräulein Esch ihr unters Kinn fasst und das Gesicht hervorhebt. Inge schüttelt die Hand ab. „Was soll denn das?"

„Jetzt, meine Damen, erhalten Sie die erste Lektion in Biologie. Das junge Fräulein hier ist das beste Beispiel. Mit der Größe von etwa 1,68 m, einem stabilen Körperbau und vor allen Dingen mit den hellblonden Haaren und himmelblauen Augen könnte sie arischer nicht sein. Ein typisch reines, deutsches Mädel. Inge, Sie können sich sicher sein, mit diesem Aussehen würde es mir schwerfallen, Ihnen eine schlechte Note zu geben." Fräulein Esch gerät ins Schwärmen, sie scheint entrückt in eine andere Welt.

Die Klasse versteht nicht, einige lachen verlegen, andere schütteln fragend den Kopf. Den ersten Schultag haben sie sich anders vorgestellt. Der Beginn ihrer Ausbildung mit dieser Frau, ein komischer Anfang. Die Situation überfordert sie. Hilflose Blicke sind das einzige, was sie miteinander verbindet.

Mit der Aussicht auf gute Noten kann Inge sich anfreunden, alles andere ist ihr sehr unangenehm. Dass sie die einzige Hellblonde ist, registriert sie erst jetzt. Die Mitschülerinnen sind brünett oder braunhaarig, sie sind hübsch und sehen nicht ungewöhnlich aus.

Die Registrierung durch Fräulein Esch zieht sich dahin, die Schülerinnen fühlen sich unwohl und atmen auf, als die Stunde endet und Fräulein Esch den Klassenraum verlässt. Endlich Erleichterung, die Mädchen recken und strecken sich, die angespannte Haltung löst sich. Barbara öffnet weit ein Fenster, sie braucht Luft zum Atmen. Endlich muss das Lachen nicht mehr unterdrückt werden. Es klingt wie eine Befreiung, man ist sich nicht mehr fremd, schaut sich in die Augen und weiß, wie sich der andere fühlt. Sie sitzen auf den Tischen, legen die Beine auf die Stühle und reden wie alte Bekannte. Das blanke Entsetzen über das Erlebte der letzten Stunde bietet Gesprächsstoff genug.

Inge, die Arische, ist Objekt, Mittelpunkt und Opfer zugleich.

„Die Alte spinnt!" – „Eine arme Frau." – „Unmöglich, die ist irre und unzumutbar." – „Wie kann es möglich sein, dass eine Person mit diesem Meinungsbild unterrichtet?" – „Seit wann ist Fräulein Esch an der Schule, wieso unterrichtet sie hier?"

Die Nonnen versuchen zu beschwichtigen.

„Geben wir ihr eine Chance, vielleicht war das nur ein Ausrutscher oder ein Aussetzer und der Unterricht verläuft gut."

„Was heißt hier Aussetzer?" Lisa kann sich nicht mehr beherrschen, solche Äußerungen sind nicht nur abscheulich, sie sind schlecht und schlichtweg verboten.

„Wir müssen die Schulleitung davon in Kenntnis setzen."

„Machen wir es spannend, lassen wir uns darauf ein und warten erst einmal ab, was noch passiert." Carla sitzt mit verschränkten Armen, lächelt entspannt, kaut genüsslich das Kaugummi und schickt damit dicke Blasen in die Luft.

Die Nonnen nicken bestätigend. „Abwarten ist gut! Wir sollten nicht nachtragend sein. Was vorbei ist, ist vorbei, wir dürfen nicht den Richter spielen."

Sie hocken unter ihren Hauben mit gefalteten Händen und demütigen Blicken.

„Seid ihr eigentlich arisch? Von euch ist ja nur das Gesicht zu sehen, selbst die Augenfarbe wird vom Schatten eurer Hauben bedeckt." Inge kann es sich nicht verkneifen, mit einem seitlichen Blick wagt sie den spöttischen Kommentar, sie hat keine Lust mehr.

Christa, die Zugeknöpfte, bis dahin Unauffällige, versucht mit ernster Stimme zu erklären. Sachlich, präzise, als einzige Regung, zeigt sich eine Falte auf ihrer Stirn. „Der Krieg ist seit fast 20 Jahren vorbei. Darüber, dass noch irgendwo Nazis versteckt leben oder eine gute Position haben, wird zwar gemunkelt, aber nicht weiter thematisiert. Wer hat schon Interesse daran, alte Dinge wieder auszugraben? In vielen steckt noch die Angst vor der Hierarchie des Bösen. Wer würde uns unterstützen, wenn wir den Mund aufmachen?"

Nachdenkliche Ruhe. Verblüfft lassen sich die Mädchen in ihrem Redeschwall stören.

Irene schlägt sich auf die Knie, „Mann o Mann, lasst uns einfach die ganze Angelegenheit ignorieren. Die Hauptsache ist doch, dass wir den Lehrstoff vermittelt bekommen. Was geht uns das Privatleben von Fräulein Esch an?"

Zu viel für Lisa, empört steht sie auf, stemmt die Arme in die Seite und stellt sich breitbeinig vor Irene. „Es ist nicht zu fassen, wie kann man so leichtfertig reden? Vor 20 Jahren wurden die Menschen wie Lämmer zur Schlachtbank geführt, geschwiegen haben sie zu dieser Ungerechtigkeit. Ertragen haben sie Elend und Leid, sind daran zerbrochen, haben alles verloren, was ein menschenwürdiges Leben ausmacht, und das willst du einfach ignorieren? Wie widerlich ist es, dass es Menschen heute in aller Freiheit weiterhin wagen, rassistische Bemerkungen zu machen und noch dazu bevollmächtigt sind, zu unterrichten?" Mit hoch rotem Kopf, Tränen in den Augen, erregt und wütend lässt sie sich auf den Stuhl fallen. Schweigen in der Klasse.

„So habe ich das doch nicht gemeint, ich habe nur gedacht ... ich wollte nur ..." Irene, leichenblass, spielt mit den Fingern, zuckt mit den Schultern, kommt sich erbärmlich vor.

„Schon gut, Irene, ich habe die Lösung, ich wechsle die Schule."

„Damit ist Fräulein Esch nicht weg vom Fenster und das Problem nicht gelöst", stellt Sabine pragmatisch fest. „Mein Vater ist Psychotherapeut, und in solchen Fällen gibt er immer den guten Rat, erst einmal eine Nacht darüber zu schlafen."

Erschöpft und erleichtert nicken alle. Es reicht, schweigend packen sie ihre Taschen, erst einmal darüber schlafen ist eine gute Idee. In kleinen Gruppen, leise miteinander redend, verlassen sie den Klassenraum. Erst einmal darüber schlafen.

Wie verabredet findet der Unterricht am nächsten Tag im Stadtgarten am Weiher statt. Fräulein Esch in der gewohnten Tracht, jetzt noch gekrönt mit einem braunen Jägerhut, erwartet ihre Schülerinnen und begrüßt freundlich jede einzelne. Aus dem mitgebrachten Korb reicht sie eine kleine Flasche Saft und ein Kuchenstück. Zusätzlich schenkt sie allen eine liebevolle Berührung. Gut gelaunt streift ihr Blick über den Weiher, die Wiesen und die friedliche Landschaft.

„Dann wollen wir uns mal Gottes wunderbarer, einzigartiger Natur widmen."

Wer kann schon dieser netten alten Dame etwas Böses

anhängen?

Fräulein Esch, die Liebenswürdigkeit in Person. Es wäre wirklich sehr unhöflich, ein Fass aufzumachen, dessen Inhalt niemanden zu interessieren hat.

SOMMER

Hochzeit 1971

Im April wollen wir heiraten. Heiraten mit allen Konsequenzen. Auf immer und ewig Tag und Nacht zusammen sein. Dunkle und helle Augen. Wir werden uns nie verlassen und niemand wird daran etwas ändern. Auch die türkische Familie nicht.

Du fährst zu ihnen, teilst ihnen unser Vorhaben mit und erhältst absolute Ablehnung.

„Niemals, das kannst du der Mutter nicht antun. Du bist nicht mehr unser Bruder. Wir schalten den ältesten Bruder in der Türkei ein, der wird dir sagen, was du zu tun hast. Eine deutsche Frau in unserer Familie ist nicht vorgesehen. Du hast etwas Besseres verdient, eine Frau mit Geld, ein reiches gesichertes Leben. Dafür haben wir dein Studium finanziert. Du bringst deine Mutter ins Grab."

So argumentieren die Männer, von den Frauen kommt kein Wort. Ich fühle mich allein gelassen.

Du schreibst einen Brief an die Geschwister und die Mutter in der Türkei. Wir gehen zum Konsulat und beantragen die nötigen Papiere.

Meine Eltern freuen sich, dass eine Entscheidung gefallen ist, Probleme gibt es aber auch. Meine gute katholische Mutter! Für sie ist nur eine in der Kirche geschlossene Ehe gültig.

Warum lässt man uns nicht machen?

Wir machen, malen uns die Zukunft aus; eine

Wohnung muss her, zu viel Geld darf sie nicht kosten. Du studierst noch und meinen Verdienst benötigen wir für die Einrichtung. Stühle, Tische, Sofa und das Leben. Es wird wunderbar sein. Noch sind die großen Einkaufsstraßen mit ihren Restaurants, die Wiesen am Rhein und die Stadtgärten mit lauschigen Plätzen unter Bäumen mit tief hängenden Ästen unser Zuhause.

Hin und wieder besuchen wir deine Schwester im Studentenwohnheim und erfahren Neuigkeiten. Die Meinungen haben sich nicht geändert, und Rückendeckung aus der Türkei gibt es nicht. Du erhältst Briefe aus Adana, in der Familie bist du nicht mehr erwünscht. Die Mutter, unter starkem Einfluss der älteren Brüder, bittet dich inständig, die Heiratspläne fallen zu lassen. Du zerstörst den Zusammenhalt der Familie und hast kein Zuhause mehr. Alle Verbindungen werden abgebrochen, und ich bewundere deine Stärke. Hoffentlich schaffe ich es, all das zu ersetzen, was dir verweigert wird.

Du verstehst mich davon zu überzeugen, dass ich gar nicht der eigentliche Grund dieser Ablehnung bin. Deine Eigenständigkeit hätte auf jeden Fall irgendwann zum Bruch geführt. Dein Trost für mich. Wie kann ich es leicht machen für dich?

Großartige Heiratsvorbereitungen gibt es nicht. Weder du noch ich träumen von einer Hochzeit in Weiß, wir brauchen keine aufwendige Feier; ein hübsches Kleid, ein schicker Anzug, Veilchen in der Hand und Rose am Jackett genügen.

Keine Antwort vom Konsulat. Das Aufgebot beim Standesamt will bestellt werden, doch ohne Papiere geht nichts. Wir fragen nach. Es sind keine Unterlagen vorhanden, keine Geburtsurkunde, keine Beglaubigungen, nichts. Ist das eine Verschwörung? Ist die ganze Türkei gegen uns?

Mit undefinierbaren Blicken werden wir vertröstet. Bei mir steht das Problem „Mutter" noch an. Eine Heirat ohne kirchlichen Segen ist für sie unmöglich.

„Die Hauptsache ist doch, dass wir miteinander auskommen und glücklich sind. Versteh doch, es ist schwer genug für ihn, er gibt seine Familie auf."

„Du gibst deine Religion auf, dein Fundament. Die Ehe ist ein Sakrament, und ohne dies ist ein Zusammenleben Sünde. Ich kann das nicht verantworten."

„Wir heiraten, wir spenden uns das Sakrament. Ich behalte meine Religion, er seine. Du wirst sehen, wie gottgefällig das sein wird."

Sie lässt sich nicht beruhigen und du bist voller Mitleid. Vielleicht finden wir ja jemanden, der die kirchlichen Anweisungen in unserem Sinne anwendet. Es schadet ja nicht und Mutter ist glücklich.

Ist das deine Art, unangenehmen Dingen aus dem Weg zu gehen? Ich rebelliere. Wut in hellen Augen, Großmut in dunklen Augen. Großmut wird belohnt. Der Aushilfspfarrer unserer Gemeinde öffnet Augen und Ohren für unser Anliegen und ist bereit, die Zeremonie so zu halten, dass sie Gott gefällt und Mutter zufriedenstellt. Dass Mutter glücklich ist, hat Vorrang.

Ein weiterer Glücksmoment ist das Angebot einer kleinen Neubauwohnung, – ein Zimmer, Küche, Diele und Bad. Der Erfüllung unseres Traumes ein weiteres Stück nähergekommen, wären nur die Papiere da.

Tägliche Anrufe und wöchentliche Besuche beim

Konsulat bewirken nichts. Ist es der berühmte böse Blick, vor dem sich Türken mit türkisfarbenen glatten Steinen schützen? Brauchen wir so etwas oder genügt ein resoluter Anruf direkt zur Behörde nach Adana?

Der deutliche Anruf zeigt seine Wirkung, Mitte Juni erhalten wir endlich die nötigen Unterlagen und bitten den Standesbeamten mit betörenden Blicken aus dunklen und hellen Augen, den Termin unserer Trauung auf den 30. Juni zu legen.

Einladungen gehen an die engsten Freunde und an deine Familie. Ich bitte dich, ihnen diese Chance zu geben, und widerwillig stimmst du zu.

30. Juni, der Tag mitten im Sommer.

Unsere Entscheidung, das weitere Leben miteinander zu verbringen, soll heute von offizieller Seite besiegelt werden. Wir werden entlassen aus der Bevormundung verständnisloser Gesetze. Als „Verheiratete" dürfen wir endlich in eine gemeinsame Wohnung ziehen, dürfen im Hotel ein Doppelzimmer buchen … Auf was lassen wir uns da ein?

„Mit dir zusammen finde ich das Leben schöner, wir sind miteinander ausgefüllt, haben nie Langeweile." – „Ich bleibe immer bei dir", sagst du.

„Ich weiß", die Antwort.

Ich möchte dem Leben einen Sinn geben, ich schaue unser Leben an und sehe ein Liebespaar, einen Mann und eine Frau, die nichts trennen kann. Ob Schmerz oder Verzweiflung, Ängste oder Schwächen, bereit, dies alles anzunehmen mit dem Wissen, dass diese Liebe nie enden wird.

„Ich werde nicht satt, dir zuzuschauen, wenn du allein mit dir bist."

„Glaubst du mir, dass ich in meinem ganzen Leben noch nie so glücklich war wie jetzt?"

Der Tag ist zum Heulen schön, der Beweis dafür, dass wir füreinander bestimmt sind. Wir lachen darüber, sind befreit, nichts wird uns davon abhalten zu singen, zu tanzen, zu reden oder zu schweigen, das zu tun, was uns guttut. Egal, zu welchem Zeitpunkt und an welchem Ort. Wir haben uns gefunden und gehen verschwenderisch um mit der Liebe und dem Glück.

Vormittags die standesamtliche Trauung mit Vater und Bruder als Trauzeugen. Die Bedeutung des Augenblicks – noch nicht in unserem Bewusstsein.

Wir sind jetzt Besitzer eines Familienstammbuches, dessen Eintragung berechtigt, bei der Bank meinen Sparvertrag aufzulösen. Gleich nach der Trauung fahren wir dorthin und tragen unseren Wunsch vor. Die Kassiererin, völlig irritiert, so etwas hat sie noch nie erlebt, zahlt sprachlos die Summe aus. Unser gemeinsames Leben hat begonnen, wir brauchen ein Auto und einen Fernseher. Nachmittags die Trauung in der Kirche.

Die Farbe des Flieders, die Farbe dieses Sommers. Mein Kleid und die Kleider der anwesenden Frauen leuchten in unterschiedlichen Nuancen dieser Farbe. Der Blumenschmuck, Veilchen und Flieder. Meine Liebe zu Farben erfüllt sich. Ich bin begeistert.

Eingefügt in den Kreis der Menschen, die uns gut gesonnen sind, die sich uns verbunden fühlen, auf die wir uns verlassen können, spricht der Pfarrer die richtigen Worte: „In guten und in schlechten Tagen …" Wir wollen!

Die Stimmung ist heiter, das Wetter fantastisch,

wolkenloser blauer Himmel und herrlicher Sonnenschein. Zu Fuß geht es in die Wohnung der Eltern. Das Essen ist gut und Karl spielt auf dem kleinen Bandoneon zum Tanz. Wir tanzen Walzer, als es klingelt. Der Blick aus dem Fenster zeigt die verschwindenden Rücklichter eines Autos. Es ist das Auto deines Bruders.

An der Eingangstür deine Schwester, welche Bedeutung hat das? Die Stimmung ist gestört.

Meine türkischen Sprachkenntnisse verstehen den gehetzten Austausch zwischen dir und der Schwester. Der Ton ist hart.

Ich bitte die Schwester zu Tisch und erfahre, dass sie geschickt wurde, um herauszufinden, ob unsere Heirat Wirklichkeit ist.

„Dann machen wir doch Fotos", sagst du, und demonstrativ bauen wir uns auf, einmal als Paar und einmal mit Schwester. Die gute Stimmung ist verflogen, unsichtbare Brüder sind anwesend.

Die Schwester verschüchtert und ängstlich, will bald wieder nach Hause. Wir fahren sie zurück vor die Wohnung des älteren Bruders. Froh, nicht aussteigen zu müssen, fahren wir schnell und erleichtert in unsere eigene Wohnung.

Unsere Hochzeit, ein ungewöhnlicher Tag.

Du unwiderstehlich, die Überraschung am Abend unverzeihlich, der Beginn unseres Lebens als Ehepaar unvergesslich.

„Morgen mache ich dir ein schönes Geschenk, es ist mehr als die Erfüllung eines Traums, so unzertrennlich mit dir zusammen zu sein. Machen wir uns diesen Traum zur Gewohnheit."

Eine gute Frau

Eine rote Kerze und ein bisschen Tannengrün genügen, um Frau Bartoscheck eine große Freude zu bereiten. Sie liegt im Krankenhaus, ist die Bettnachbarin von Annas Mutter.

„Ich bin allein, zu mir kommt niemand", teilt sie bereitwillig mit und freut sich wie ein Kind über die rote Kerze und ein bisschen Tannengrün. Anna hat es für sie mitgebracht, mitleidig verspricht sie einen weiteren Besuch bei der alten Dame, sie wohnen nicht weit voneinander entfernt.

„Nimm ein Päckchen Kaffee mit." Mitleid auch bei Aslan. Dass jemand mutterseelenallein ist, kommt für ihn fast einer Katastrophe gleich. Bis zu seiner Heirat in Deutschland hat er immer in einer Großfamilie gelebt. Jetzt sind sie mit den drei Kindern zu fünft; das ist gut so, und mit vielen Freunden und Bekannten ist es fast wie in einer Großfamilie.

Mia Bartoscheck bewohnt ein kleines Haus am Ende einer Sackgasse, eingezäunt von einer Hecke, die unregelmäßig geschnitten wird. Einen Schuppen, der mit Ästen und Holzstücken gefüllt ist, vermutet Anna bei ihrem ersten Besuch.

Die Bäume sind jetzt kahl. „Das müsste ein Kirschbaum sein, oder?"

Sie ist sich nicht sicher. Die Haustüre öffnet sich einen Spalt; ein kleiner Schrei, als Frau Bartoscheck Anna erkennt. Eine Hand hält sie vor den Mund und öffnet weit die Türe. „Kumm erin, Mädel." Trotz ihres fremdklingenden Namens die Aufforderung in breitem, rheinischem Dialekt. „Darf ich dich umarmen, ist dat eine

Freude, und Kaffee bringst du auch noch mit, dat wäre nit nötig jewesen."

Dieser Gefühlsausbruch ist nicht nach Annas Geschmack. Sie findet es ein bisschen übertrieben, winkt ab und schaut sich um.

„Guck nur, das ist mein Reich, hier bin ich zu Hause, bin ich der Herr, hier kann ich tun und lassen, wat ich will. Kein Mensch kommt auf die Idee, dabei zu stören oder mal …"

„Nachzuschauen", ergänzt Anna.

„Wer hat schon Interesse an mir, einer alten Frau, deren Familie keinen guten Ruf hat. Wat wissen die schon …" Der freundliche Blick ändert sich, sie schaut in die Weite des Gartens, ist für einen Moment abwesend.

Anna spürt, dass dieser Besuch nicht nur ein Pflichtbesuch sein wird, Frau Bartoscheck braucht mehr.

Gut ernährt sitzt sie am Küchentisch, eine bunte Kittelschürze und warme Pantoffeln passen nicht so recht zu den silbergrau gefärbten Haaren, die tadellos in Dauerwellen gelegt sind.

„Sie kommen frisch vom Friseur?", Anna braucht einen Aufhänger und schaut bewundernd auf die Haarpracht der rüstig wirkenden Dame.

Sie greift sich in die Haare. „Nä, dat kann ich noch selbst, hab dat mal gelernt."

Es scheint, als ob auf dem Tisch die Mahlzeiten für einen ganzen Tag gleichzeitig gedeckt sind. Aufschnitt und Marmelade, Kartoffeln und Würstchen, Kuchen und Obst.

„Nimm dir, wat dir schmeckt." Ihren aufmerksamen Blicken entgeht nichts. Auf das Päckchen Butter zeigt Frau Bartoscheck mit einem tiefen Seufzer „Früher, in

Kriegszeiten, war Butter so kostbar, dat mir uns dat nit leisten konnten, heute hätt ich dat Geld dafür, darf sie aber wegen der Gesundheit nit mi essen. Cholesterin!", klärt sie Anna auf. „Früher war ich auch ein hübsches Mädchen, ich hatte viele Verehrer und kunt mich nit retten vor Anjeboten. Heute hätt ich jän jemanden an minger Seite, doch niemand will mich haben. Ist der Ruf erst ruiniert …"

Anna wird neugierig, wagt es aber nicht, weitere Fragen zu dem Leben von „Früher" zu stellen. Lediglich fragt sie nach dem Alter.

„Im Sommer werd ich fünfundsiebzig", kommt die lapidare Antwort.

Anna schaut sich um in dem Haus. Dass es hübsch aussieht, wäre gelogen. Es ist unaufgeräumt, Krempel liegt bergeweise herum, Illustrierte aufgetürmt, und angesammelter Abwasch macht es nicht gerade gemütlich. Lediglich auf einem kleinen Tisch mit weißer Tischdecke steht die rote Kerze mit dem Tannengrün.

„Ich zeig dir mal dat Haus. Hubert, mein Mann, hat et für mich jekauft und renoviert. Er kam aus Schlesien und hat sich hier in mich, ein kölsches Mädchen, verliebt. Eine andere Mentalität die Schlesier und die Rheinländer, doch Hubert kam damit klar, er war fleißig und geschickt. Alles in diesem Haus hat er mit seinen Händen gewerkelt, bis es ihm gefiel. Arbeit war sein Leben. Für die Leute in der Straße war er immer der Fremde, ein Eigenbrötler. Mir war er treu und hat mir meine Freiheit gelassen. Während er glücklich in seiner Werkstatt herumbastelte, zog ich durch die Stadt und machte mir ein schönes Leben. Böse war er nie, kam ich auch mal zu spät nach Hause oder hat ich mal dat Essen verjessen.

Aber ich war genauso jut zu ihm." Für einen kurzen Moment hellt sich ihr Gesicht auf, als würde sie träumen. „Als ich schwanger wurde, war er ganz aus dem Häuschen. Sofort machte er sich ans Werk eine Wieje zu zimmern." Ein sanftes Lächeln begleitet ihre Erinnerungen. „Jetzt komm mal mit nach oben; wenn ich schon mal Besuch hab, wenn jemand bei mir ist, muss ich dat auch ausnutzen. Alles, was im Hause aus Holz ist, hat Hubert angefertigt."

Die schwere dunkle Holztreppe knarrt, auch die oberen Räume sind mit Holz verkleidet. Kiefernholz hell und freundlich. Zwei Zimmer unter dem Dachgiebel. Eine Tür ist mit einem großen X aus roten Streifen beklebt. „Dat Zimmer von unserem Ludwig. Tabu!"

Die Frage nach dem Warum traut Anna sich nicht zu. Die Situation ist so ungewöhnlich.

Das Schlafzimmer nebenan benutzt Frau Bartoscheck nach dem Tod ihres Mannes nicht mehr. Sie lebt nur in den unteren Räumen.

Plötzlich geht es ihr nicht mehr gut, sie ringt nach Luft. Anna stützt sie beim Heruntergehen, streichelt mitleidig den Arm der Frau.

„Sind die Erinnerungen so schlimm, was ist denn mit Ludwig?"

„Liest du keine Zeitung, Mädchen, oder bist du nicht von hier?" Für einen Augenblick geht ihr Blick ins Leere. Der Redefluss wird gestoppt. Es ist, als wollte sie von den Erinnerungen nicht mehr gestört werden. Den aufkommenden Schmerz sieht Anna in den Augen und an den herabfallenden Schultern der sonst so gerade stehenden Gestalt. Nur für einen kurzen Moment.

Frau Bartoscheck fasst sich wieder, bevor sie sich mit

fast trotziger Stimme und den Worten: „Ach ja, ist alles schon ein paar Jahre her. Hier geht es in den Garten", abzulenken scheint.

Ein kleines Zimmer, das wie ein verlängerter Flur aussieht, ist der Raum, in dem sie schläft. Sie zieht die Rollläden hoch und öffnet die Tür, die in den Garten führt.

Im Winter gibt es nicht viel zu sehen, Hecken und Sträucher mit ein wenig Schnee bedeckt, ein Vogelhäuschen und vor dem Verschlag des Schuppens eine schön geschnitzte Bank mit einem Herz in der Rückenlehne.

Es ist kalt, fröstelnd gehen sie in die Küche, setzten sich an den Tisch, den sie schnell mit schönen Sammeltassen und der roten Kerze gedeckt hat. Mit einem feierlichen, friedlichen Blick nehmen sie Platz.

„Jugendstil", ist ihre Antwort auf die fragenden Augen Annas zu einem wunderschönen Schrank.

Nach dem Kaffee und mit dem Gedanken, ein gutes Werk in der Weihnachtszeit getan zu haben, verabschiedet sich Anna. Obwohl viele unbeantwortete Fragen in ihrem Kopf schwirren, möchte sie sich nicht mit weiteren Besuchen beschäftigen.

Neugierige Blicke aus den Nachbarhäusern hinter zurückgezogenen Gardinen oder zufälligen Arbeiten am Gartenzaun nimmt sie als ein Aufpassen und Achtgeben auf die alleinstehende Frau wahr.

Einige Tage später klingelt Frau Bartoscheck an Annas und Aslans Haustüre. Mit strahlendem Lächeln, ein Fahrrad schiebend, will sie sich noch mal bedanken und kurz vorbeischauen. Nicht ganz im Sinne von Anna bittet sie die Frau, wenn auch nicht in freundlichstem Ton herein. Eigentlich hatte sie mit dem Kapitel Bartoscheck abgeschlossen und keine Lust mehr auf Geschichten von gestern. Sie ist froh über den Lärm der Kinder und hofft, dass Aslan bald kommen würde.

Interessiert schaut Frau Bartoscheck sich um. Anna weiß nicht, was sie sagen soll, und spricht bewundernd ihren Respekt für die Fahrt mit dem Fahrrad aus.

Frau Bartoscheck lacht und klärt darüber auf, dass das Rad nur der Packesel für ihre Einkäufe ist. „Wer sein Fahrrad liebt, der schiebt." Einer der üblichen Sprüche, die sie irgendwo gespeichert hat.

Zum Glück ist Aslan zurück. Freundlich und herzlich begrüßt er die alte Dame. Immer bewundert Anna seine Leichtigkeit, mit der auf er fremde Menschen zugehen kann.

„Jut, dat der Junge da ist, dann werde ich mal vorbringen, was mir so einjefallen ist."

Noch einmal erzählt sie von ihrem Schicksal, so alleine zu sein; dass ihre einzigen Gespräche nur mit den Verkäuferinnen in den Geschäften oder dem Briefträger stattfinden. Vereine oder Angebote der Kirche für alte Menschen liegen ihr nicht und könne sie auch nicht annehmen. Der Vergangenheit wegen.

Wen interessiert die Vergangenheit dieser Frau?

Sie ahnen, dass da etwas im Verborgenen liegt. Die Unsicherheit, sich in Dinge einzumischen, die sie nichts angehen oder die starke Emotionen wachrufen könnten, halten sie zurück.

Frau Bartoscheck schluckt ein paarmal, bevor sie den Vorschlag schnell und präzise, als hätte sie vorher geübt, herunterrasselt. Anna und Aslan sind ihr sympathisch, und ihr Wunsch wäre es, den Kontakt zwischen ihnen auf zwei- bis dreimal Besuche im Monat zu auszuweiten. Umsonst sollten diese Besuche nicht sein. In eine durchsichtige Spardose würde sie nach jedem Besuch fünf Mark einwerfen.

Gekaufte Nächstenliebe?

Aslan ist fassungslos und Anna den Tränen nah. Es ist sehr still, bis Aslan Frau Bartoscheck in den Arm nimmt und ihr verspricht, auch ohne Bezahlung zu kommen. Die beiden haben Mitleid und spüren, welch große Last auf dieser ihnen eigentlich fremden Frau liegt. Wie verzweifelt, wie einsam muss sie sein? Anna spürt, dass es unmöglich wird, die Verbindung zu der gebrochenen Frau zu beenden. Sie fühlt sich nicht mehr verpflichtet, es fällt nicht mehr schwer, stark und bereit zu sein.

Ehrlichen Herzens nimmt sie die unglückliche Frau in den Arm. Erleichtert schauen sie sich in die Augen. Frau Bartoscheck verabschiedet sich, schiebt das Fahrrad und blickt noch einmal verschämt zurück.

Selbstverständlich finden die Besuche statt, auch ohne Fünf-Mark-Stücke in der Spardose; jedes Mal mit einem guten Gefühl lachen sie miteinander, der spezielle Humor Mias, wie sie jetzt genannt wird, ist ansteckend, und dass sie für jede Situation einen Spruch auf den Lippen hat, amüsiert alle.

Das Thema Ludwig bleibt tabu.

Anna widmet sich dem Garten; die Kinder toben durch das Haus und durch den Garten. Mia ist keine Fremde mehr, die Kinder lieben ihren Humor und lachen über die kölnische Sprache. Dass Mia bereit ist, ohne Widerrede mit ihnen verstecken zu spielen oder umständlich auf unsicheren Beinen durch den Garten läuft, macht Spaß, den sie sich nicht durch neugierige Blicken der Nachbarn nehmen lassen.

Mias Spruch „Die hinter den Gardinen stehen und spingsen, sind schlechte Menschen" trifft den Kern der Sache.

Im Frühjahr steht ein neuer Anstrich im Hause Mias an. Aslan hat einige freie Tage und versucht, Küche und Wohnzimmer mit neuer Farbe aufzufrischen. Möbel werden gerückt, Mia mit Kraft ihres großen Bauches und breiten Rückens schiebt Schränke durchs Wohnzimmer.

Eine Tür öffnet sich, und der Inhalt einer Schublade fällt auf den Boden. Bilder fallen aus Briefumschlägen und Briefe mit Amtssiegeln in großer Menge.

Mia wird blass, der Boden schwankt unter ihren Füßen. Hilflos streckt sie die Arme aus, und Anna schafft es noch, sie auf einen Stuhl zu setzen. Mit bitteren Tränen klagt sie immer wieder: „Jetzt is et vorbei, jetzt is et vorbei …"

Anna hebt einige Fotos auf. „Ist das der Grund für die Einsamkeit?"

Was sie zu sehen bekommt, zieht auch ihr den Boden unter den Füßen weg. Stumm schauen sie sich an, bevor Anna die Frau an beiden Armen zerrt und mit erschreckter Stimme fragt: „Sprich Mia, sag, was passiert ist!" Die Fotos, die sie zeigt und die Anna in den Händen hält, ähneln sich. Es sind schwer zu ertragende Bilder kleiner Mädchen in aufreizenden Posen. Szenen, die eindeutig auf einen Missbrauch hindeuten. Eine Aufnahme Ludwigs mit dem gleichen spitzbübischen Grinsen im Gesicht wie seine Mutter. Ein gut gewachsener Mann mit hellblonden Haaren, sportlich auf einem Motorrad.

„Dat is Ludwig, unser Sohn, mir drei haben jut zusamme hier im Haus jelebt. Alle ham sich zwar gewundert, dat so ein erwachsener Mann noch bei de Eltern lebt, für uns war dat aber normal. Jetzt is de Ludwig tot, erhängt hat de sich da oben in singem Zimmer. De Polizei war ihm auf die Schliche gekommen, die war nit so naiv wie wir. Für uns war de Ludwig nur ne nette Kerl, wenn er die Mädchen mit nach Hus und mit denen Kirschen jeflückt hat. Dat wir blind gegenüber allem waren, hat singem Vater das Leben gekostet. Zu viel für Huberts Herz, er starb kurz nach unserem Sohn. Die Zeitung hatte ihre Sensation und schnell wussten et all in der Nachbarschaft. Ein Pädophiler, nä wie furchtbar."

Der Redefluss in der kölschen Aussprache musste sein und sollte nicht unterbrochen werden. Völlig erschöpft, beide Arme auf dem Tisch liegend, geht es mit schluchzender Stimme weiter. „Auch wenn ich nit jestorben bin, hat et mich dat Leben jekostet. Alles war vorbei, keiner wollte mit mir zu tun haben. De sojenannten Freunde, de Nachbarn, einfach alle haben mich gemieden und beschimpft. Die Mutter eines Pädophilen ist eine Schande, und die ist mitschuldig. Seit fünf Jahren leide ich. Die Fotos habe ich deshalb aufbewahrt, damit ich immer sehen kann, wat für schreckliche Sachen minge Jung jemaat hätt. De Ludwig ist schuldig. Er hätt den Kindern und de Familien Furchtbares anjetan. Und trotz allem war et mein Kind, wat ich jeliebt habe. Deshalb muss ich genauso für ming Fehler, die ich vielleicht beim Erziehen jemaat han, büßen."

Sie ist am Ende ihrer Kräfte, erschöpft hängt sie auf

dem Stuhl, öffnet die Knöpfe der Kittelschürze, sucht nach einem Taschentuch.

Erschüttert und hilflos schaut Anna auf die aufgewühlte Frau. Mia, die Mutter eines Pädophilen, welches Schicksal! Wie soll sie damit umgehen? Sie ist geschockt und kann keine klaren Gedanken fassen.

Mit dem Versuch, ruhig zu bleiben, nimmt Anna Mia an die Hand und führt sie zum Sofa. Welchen Trost kann sie ihr geben? Sie legt ihr eine Decke über den müden Körper. „Wir werden immer für dich da sein."

Aslan, völlig erschrocken, räumt stillschweigend die herumliegenden Sachen in irgendeine Ecke, bevor er sich abwartend neben seine Frau setzt. Sie bleiben so lange, bis Mia eingeschlafen ist.

Hand in Hand, mit einer Schwere im Herzen, machen sie sich auf den Heimweg, schweigsam und fassungslos. Zu Hause gehen ihnen die Bilder nicht aus dem Kopf, es ist ihnen nicht möglich, zu schlafen, sie brauchen Abstand. Wie soll es weitergehen?

Nach einigen Tagen steht Mia mit dem Fahrrad vor ihrer Tür. Unsicher, doch mit hoffnungsvoller Stimme die Frage: „Ihr kommt doch wieder?"

Sie nicken und versuchen irgendwie, den Anschluss an die vorherige Zeit wieder herzustellen.

Schwarzer Tee mit Zitrone und Eiswürfeln lässt sich gut trinken in der Junihitze. Im Garten Mias gibt es Neuigkeiten, zu denen kein Widerspruch geduldet wird. Gespannt auf das, was jetzt wieder kommt, verdreht Aslan ungeduldig die Augen.

Mia erhebt sich schwerfällig aus der Gartenliege, steht in einem gestreiften, ärmellosen Sommerkleid, dessen

Träger über die runden, rosigen Arme fallen und mit einer immer wieder gleichen Handbewegung zurückgeschoben werden. Die Kinder kichern, die Situation hat etwas Lächerliches. Mia spitzbübisches Getue unterstützt das Ganze.

„Lange Rede, kurzer Sinn. Wie ihr wisst, war ich bis vor einiger Zeit noch mutterseelenallein. Dat hat sich jeändert, ihr seid gekommen und habt mir neuen Lebensmut geschenkt. Ich habe so was wie eine neue Familie bekommen. Kinder, die durch den Garten springen, und Eltern, die keine Vorurteile haben. Ihr habt meinem Leben wieder Licht jejeben." Glücklich streckt sie beide Hände in den Himmel. „Einen Wunsch habe ich noch, dann wär mein Glück vollkommen. Ich möchte euch dieses Haus und alles, was ich hab, schenken. Ihr sollt meine Erben sein. Bitte Aslan, mach ene Termin beim Notar."

„Amen", ist seine Antwort, die Kinder jubeln und klatschen Beifall.

„Nun mal langsam." Anna schüttelt den Kopf und sucht nach Worten, die erklären können, dass so etwas nicht in ihrem Sinne ist. Es kommt ihr einer Belastung gleich. Auch Aslan winkt ab, auf keinen Fall will er sich verpflichtet fühlen, was ein solches Geschenk mit sich bringen würde.

So wie es jetzt ist, ist es gut, so kann es weiter gehen. Nicht mehr und nicht weniger.

Mias „Aber ..." besänftigt er mit der Ansage, dass sie Zeit zum Nachdenken brauchen.

Zu Hause bricht die Diskussion darüber nicht ab. Anna möchte am liebsten die Freundschaft beenden und regt sich auf. Es geht ihnen doch gut, sie haben ein schönes Zuhause und sind glücklich. Gerne haben sie sich um Mia gekümmert und werden es auch weiterhin tun. Es braucht keine Belohnung, und die Unruhe, die jetzt entstanden ist, gefällt ihr gar nicht.

Mia lässt nicht locker, und Anna und Aslan haben den Eindruck, dass ihr nicht mehr viel Zeit bleibt. Bei jedem Besuch streicht sie bittend Aslans Arm und bestätigt immer wieder, dass sie nichts erwarten würde. Alles, was sie bis heute bekommen habe, hätte den Wert eines Hauses weit überschritten. Sie bittet um Verständnis, den Wunsch zu respektieren, welch wunderbares Gefühl es für sie sei, zu wissen, was mit ihrem Haus geschähe. „Vater Staat hat genug, bitte akzeptiert meinen Wunsch."

Ein eigenes Haus zu haben käme der Erfüllung eine Traumes sehr nahe. Genügend Spielraum für die Kinder, genügend Platz für Familie und Freunde. Einen Garten mit Obstbäumen und Rosen. Unabhängig sein von Vermietern, ein Ort zum Wohlfühlen. Schön wäre es.

Fast wagen sie es nicht, diese Gedanken zuzulassen.

Die Frage der Kinder „Werden wir alle zusammen mit Mia wohnen?" kommt ohne jeglichen Vorbehalt. Sie freuen sich.

Warum die Zurückhaltung bei Aslan und Anna, was kann schief gehen? Was ist faul an der Sache. Sind sie habgierig oder unverschämt? Worte wie „Erbschleicher" geistern durch den Kopf.

Nein, das alles ist zu viel, eine Nummer zu groß. Ohne Vorbehalte sind sie Mia begegnet, eine freundliche Geste sollte das kleine Geschenk in der Weihnachtszeit gewesen sein und nicht mehr.

Hieße es nicht jetzt warten auf Mias Tod?

Mia drängt. In diesem Sommer möchte sie alles unter

Dach und Fach bringen und schafft es endlich, Aslan und Anna zu überzeugen.

Entschlossen sitzen sie im Büro des Notars, der ziemlich verwundert auf die skeptische Nachfrage, ob das alles auch mit rechten Dingen zugehe, die resolute Antwort einer Frau, die im Vollbesitz ihrer körperlichen und geistigen Kräfte ist, erhält. „Bitte tun Sie Ihre Arbeit, meine Entscheidung ist gefallen, es gibt nichts daran zu rütteln."

Das mulmige Gefühl verlässt Aslan und Anna nicht.

Die Besuche bei Mia werden häufiger. Aslan mäht den Rasen und wirft am Wochenende den Grill an. Anna backt Kuchen und erinnert daran, die Gesundheit nicht zu vernachlässigen. Mia ist in der letzten Zeit so kurzatmig geworden. „Lasst den Quatsch", das gewohnt schelmische Lächeln wirkt aufgesetzt.

Die Tage werden länger, es ist drückend heiß, und der Sommerregen bringt auch keine Abkühlung. Zu Hause hängen sie müde herum und fächeln sich Kühlung zu.

Als es klingelt, stehen zwei Polizisten von ihrer Wohnungstür. Sie halten ihre Kappen in den Händen, haben die Jackenknöpfe geöffnet und bringen mit zittriger Stimme die Nachricht, dass Frau Mia Bartoscheck heute im Krankenhaus verstorben ist. In der Handtasche habe man diese Adresse hier gefunden und noch weitere Unterlagen bezüglich des Nachlasses.

Anna und Aslan ringen nach Luft, ungläubig halten sie sich aneinander fest, starren die Beamten an. Mit einem Schulterzucken bitten die Polizisten darum, ins Krankenhaus zu gehen, die persönlichen Sachen zu regeln und das Fahrrad mitzunehmen. „Setzen sie sich mit einem Beerdigungsinstitut in Verbindung. Herzliches

Beileid und gute Nacht."

Anna und Aslan funktionieren, sie erledigen die
anfallenden Dinge und verstehen nicht den
Zusammenhang zwischen diesem herrlichen Sommertag
und dem Ende eines Lebens. Nicht einmal verabschieden
konnten sie sich, so gerne hätten sie noch einige Worte
mit ihr geredet. Mia Bartoscheck ist von ihnen gegangen,
nachdem alles geregelt war.

Seit über einem Jahr leben sie nun im eigenen Haus,
ohne ein schlechtes Gewissen zu haben, erfüllen sich ihre
Träume. Der Jungendstilschrank hat einen besonderen
Platz.

Sie haben verstanden, was Mia gemeint hat. Auch
nach ihrem Tod ist sie nicht mutterseelenallein.

Wellenbrecher

25 – ihre magische Zahl. Mit 25 hatte sie geheiratet, genau vor 25 Jahren, jetzt ist sie 50 und schaut hinaus aufs Meer. Die Reise zu diesem Ort, die gleiche wie vor 25 Jahren.

„Unsere Hochzeitsreise, lass uns prüfen, welche Erinnerungen noch geblieben sind." Das hatte ihr Mann gesagt, und das Wort *prüfen* hatte nichts mit dem feurigen Italiener zu tun, den sie damals zu heiraten geglaubt oder gewünscht hatte.

Ihr Mann, der Buchhalter der renommierten Porzellanfirma mit 50 Angestellten. Da mussten die Gehaltsstreifen stimmen und jedes Plus oder Minus überprüft werden. Seit mehr als 25 Jahren machte er das, und so war das Wort *prüfen* in den täglichen Sprachgebrauch übergegangen.

Vor 25 Jahren hatten sie geheiratet, und nun war es mit einer einzigen Handbewegung möglich, die Erinnerung an die Hochzeitsreise wegzuwischen. Schnell hatte sie damals Ja gesagt, als der italienische Exot um ihre Hand angehalten hatte. Vittorio, der mit seinen Eltern in der gleichen Kleinstadt wie Susanna lebte und hier mit seinem außergewöhnlich guten Aussehen ein Hingucker war.

Für den Besitzer der Porzellanfirma, ein gutmütiger weißhaariger Mann mit einer großen Vorliebe für Italiener brachte die Einstellung seines italienischen Buchhalters, dem Vater Vittorios, mehr Vorteile, sodass es ihm nicht schwerfiel, die fragenden und verständnislosen Blicke seiner Mitarbeiter auszuhalten. Auf Mario DiLorenzo war Verlass, er arbeitete vorzüglich, schaute nicht auf die Uhr und erledigte außer der Buchhaltertätigkeit vieles mehr. Selbstverständlich bereitete seine Frau die beliebten italienischen Speisen mit italienischem Flair zu, die in Mode waren und auf den Feierlichkeiten im Hause des Arbeitgebers ihres Mannes aufgetischt und begeistert verspeist wurden. Die deutsch-italienische Freundschaft entwickelte sich zu einem italienischen-deutschen Abhängigkeitsverhältnis. Es war selbstverständlich, dass Vittorio das Erbe seines Vaters, die Buchhaltung, übernahm. Mittlerweile lebte die Familie in einem großzügig ausgestatteten Zweifamilienhaus, das sich Vittorios Vater in weiser Voraussicht und dank überschüssiger Verdienste aus dem Firmenbudget angeeignet hatte. Vittorio war das, was man eine „gute Partie" nannte.

Susanna hatte sich nicht in eine gute Partie verliebt. Sie hatte in schwarze Augen gesehen, schwarze Haare, die sich in einem wundervoll gebräunten Nacken kräuselten, und sich in eine Stimme verliebt, die beim Tanzen die Stelle ihres Lieblingsliedes leise mitgesungen hatte. Das war auf dem Silvesterball, der jedes Jahr für die Angestellten und ihre Angehörigen im Festsaal der Gemeinde, gestiftet von der Porzellan GmbH, stattfand. In der kleinen Provinzstadt das Highlight des Jahres.

So war es vor 25 Jahren gewesen, nicht absehbar, dass Susanna DiLorenzo nach weiteren 25 Jahren am späten Abend einer Vollmondnacht am Strand der Adria entlang läuft mit dem Wunsch, niemandem zu begegnen.

Der Mond ist so klar, dass sie dankbar ist für seinen Schein, der ihr entgegenkommt, eine Schneise bildet, die geradezu zu ihrem Vorhaben einlädt. Sie braucht einfach immer nur weiter vorwärtszugehen. Die Schneise führt unmittelbar ins Dunkle hin zu den Scioglie, den Wellenbrechern, die wie steinige Felsen aus dem Wasser ragen. Hinter den Scioglie geht es tief hinunter in die Adria, in die Tiefe, welche die Erfüllung ihres Entschlusses ist. An diesem Punkt hört das Leben auf und so sollte es sein. Susanna geht Schritt für Schritt in diese Richtung.

Der Blick auf eine weiße Bewegung im Meer scheint um diese Zeit ungewöhnlich.

Der Mann nähert sich neugierig dem Mondstrahl und sieht eine Frauengestalt in weißer Bluse. Mit ausgebreiteten Armen und erhobenem Kopf schaut sie ins Licht, als zögere sie vor dem nächsten Schritt. Karl will sie nicht erschrecken. Mit vorsichtigen Schritten und sanfter Stimme, intuitiv davon überzeugt, dass sie seine Sprache verstehen würde, kommt ein „Guten Abend" über seine Lippen.

Die ausgestreckten Arme fallen abrupt zur Seite, ebenso senken sich die Schultern, und die vormals anmutig aussehende Gestalt sinkt in sich zusammen. Die Frau dreht sich herum, erhebt die Stimme und faucht den verdutzten Karl geradezu an.

„Ist das eine Anmache? Kann es nicht möglich sein, sich in Ruhe den Vollmond anzusehen? Bitte stören Sie mich nicht. Haben Sie mich etwa verfolgt? Lassen Sie das sein."

Die Stimme flacht ab, wird weinerlich, fast atemlos. Erschöpft haucht sie noch: „Bitte lassen Sie mich allein." Eigentlich hatte er sie für eine Italienerin gehalten; dass er sie in seiner Muttersprache angesprochen hatte, war schon seltsam.

„Sie sprechen Deutsch, wie gut, dann verstehen Sie, dass ich Sie nicht stören will, es sieht nur … sagen wir, etwas ungewöhnlich aus, wie Sie dort stehen, und ehrlich gesagt hatte ich das Gefühl, dass Sie Schritt für Schritt weitergehen würden. Ich kenne so etwas. Von der höchsten Eisenbahnbrücke, die gleich in der Nähe meines Wohnortes in Deutschland ist, ist es leicht, in die Tiefe zu fallen …"

Susanna schaut ihn an, sie versteht, die höchste Brücke. Sie nickt und nennt ihren Namen.

„Susanna, ein schöner Name. Ich heiße Karl. Machst du Urlaub in Italiener?"

„Mein Mann ist Italiener – Verwandtschaftsbesuch."

„Verwandtschaftsbesuche können anstrengend sein."

„Sich lächelnd anzuschweigen ist schlimm."

„Gute Kombination, schweigen und lächeln. Schwer vorstellbar bei Italienern." Karl lächelt.

„Was geht Sie das an!" Susanna dreht sich zu ihm, schaut ihn wütend an. „Warum haben Sie mich gestört und mich angesprochen? Gehen Sie einfach weiter, lassen Sie mich in Ruhe."

Sie ist erregt und gleichzeitig ein wenig erleichtert. Einerseits sieht sie die Situation als Fingerzeig Gottes, andererseits hätte sie ihr Vorhaben längst zu Ende gebracht. Es ist mehr als ein Zufall, diesem Mann, in ihrer Muttersprache sprechend, mitten in der Nacht in einem italienischen Kaff an der Adria zu begegnen.

„Was haben Sie hier zu suchen?"

„Gestatten Sie mir die gleiche Frage."

„Mein Mann ist Italiener und da ist es wohl klar, dass wir manchmal in seiner Heimat sind."

„Besonders auf den Wellenbrechern allein um

Mitternacht." Sein spöttisches Lächeln nimmt dem Gesicht den Ernst und gibt ihm etwas Jungenhaftes. Das Mondlicht erlaubt, dass sie ihn genauer betrachten kann. Er gefällt ihr, ist attraktiv mit kantigem Gesicht, straffer gebräunter Haut und ruhigen Augen. Ein Mann Ende vierzig, groß und schlank mit breiten Schultern. Es sind aber seine Hände, die auffallen, starke Hände mit feingliedrigen Fingern. Sie stellt sich vor, von diesen Händen berührt zu werden. Unwillkürlich geht sie einen Schritt auf ihn zu. Ziemlich nah erwidert sie seinen Blick und nennt seinen Namen: „Carlo?"

„Nein, einfach Karl, ich bin ein Mann aus einer unbekannten Gegend in Deutschland. Lediglich die Brücke, die Müngstener Brücke, kennt man als die höchste Eisenbahnbrücke. Unterhalb dieser Brücke befindet sich meine Werkstatt, eine Schreinerei. Mitten in der Natur liebe ich es, mit meinen Händen zu arbeiten."

„Deine Hände sind schön, verschwende nicht deine Gedanken an die Brücke."

„Du hast recht, auch du bist schön, genieße den Mondschein, den Himmel und die Sterne."

„Es gab Zeiten, dass ich mich daran erfreuen konnte, bevor ich in Langeweile ertrank. Mit einem Sprung von den Scioglie gehts in die Fluten."

„Wollen wir uns nicht lieber setzen? Ich habe eine Decke im Kofferraum, und eine Flasche Wein müsste auch noch da sein. Trinken wir auf unsere Begegnung in der Nacht im Mondschein."

Er tritt sehr nah an sie heran, sie sieht die Falten auf seiner Stirn und dunkle Ränder unter seinen Augen. Seine Lippen sind weich und verraten weder Härte noch Spott.

„Bleib hier, Susanna, die heutige Nacht ist kein Zufall."

Dem Zufall hatte sie bisher nicht viel beigemessen. Sich darauf verlassen hatte sie sich noch nie. Geträumt hatte sie von schönen Dingen. Den Weg, diese zu erreichen, hatte sie selbst vorbereitet. Die Arbeit im Reisebüro hatte sich ihren Vorstellungen von der weiten Welt angepasst.

Dass Vittorio DiLorenzo eines Tages vor der Tür gestanden hatte, war nur die natürliche Weiterführung ihrer Träume. Dass der italienische Mann gleich um die Ecke wohnte und ihr über den Weg gelaufen war, empfand sie als großes Geschenk des Schicksals, und das Leben an seiner Seite hatte einfach perfekt sein müssen.

Susanna wirft den Kopf in den Nacken, so als müsse sie abwerfen, was ihr Leben so anders hatte aussehen lassen.

Mit einer Decke unter dem Arm und der Flasche Rotwein in der erhobenen Hand kommt Karl durch die hohen Gräser der Dünen gelaufen. „Da bin ich." Er lacht außer Atem, wirft die Decke auf den Sand, öffnet die Flasche mit dem Mund und spuckt den Korken auf den Boden.

Mit unbeweglichen Lippen schaut sie aufs Meer und wieder zu ihm.

„Ein guter Tropfen, probier mal." Karl lässt sich auf der Decke nieder, nimmt den ersten Schluck, wischt mit seinem Handrücken die Rotweintropfen ab und reicht Susanna die Flasche. Sie lässt ihn nicht aus den Augen, trinkt den nächsten Schluck; die Decke ist ausgebreitet, und für einen Moment ist sie nicht sicher, ob sie sich setzen soll. Es ist absurd, was sich in dieser Nacht abspielt. Susanna schüttelt den Kopf, sie lächelt und setzt sich zögernd neben den fremden Mann. Froh, den Sand zu spüren, der sich wie ein kleiner schützender Wall um sie legt.

Er lacht, ihr gefällt der Atem, der nach Rotwein riecht. Die Flasche nimmt sie aus seiner Hand und setzt sie an die Lippen.

„Erzähl mir von deiner Langeweile. Ich kenne diesen Zustand nicht, der so furchtbar sein muss, dass man deswegen von den Scioglie springen …"

„Langeweile ist tödlich." Susannas Gesicht wird starr, die Stimme ist glasklar und überzeugend. Sie nimmt noch einen Schluck aus der Flasche. „Du willst wissen, was Langeweile ist? Langeweile heißt, Tag für Tag die gleiche Tür öffnen, die gleiche Türe schließen, dieselben Gesichter, dieselbe Straße zu sehen und einen Menschen an der Seite zu haben, der wahnsinnig aufgeräumt, ordentlich, gewissenhaft, äußerst höflich und freundlich nichts tut, was dich aufregt oder leidenschaftlich werden lässt. Einen Mann, der glaubt, all deine Wünsche zu erfüllen mit einem guten Lebensstandard. Mit einem Haus und einem Auto, mit Spaziergängen am Sonntag, vorbei an den Läden, die geschlossen genauso aussehen wie an den Wochentagen, wenn ich drinsitze und arbeite. Einen Mann, der pflichtgemäß am Sonntagnachmittag seine italienischen Eltern besucht. Der auf seine Kleidung achtet, die Falten in der Hose bügelt und Jeans nur bei der Gartenarbeit trägt. Vittorio, der aussieht wie ein Sieger und mich besiegt hat allein mit seiner geraden Nase und den sich kräuselnden Locken im Nacken."

Ihre Hände sind zu Fäusten geballt, und die Falte zwischen den Augen verrät, was sie heute geplant hatte.

Sie ist nicht mehr bei ihm, der Blick geht aufs Meer.

Karl lässt sie nicht aus den Augen und lässt ihr die Zeit, die sie braucht. Die Flasche steckt er in den Sand und legt sich auf die Decke. Erst jetzt bemerkt er die müden Beine und Arme. Vierzehn Stunden hat er im Auto gesessen, ist von seinem Wohnort losgefahren und hatte die spontane Einladung seines Freundes Otello nach Italien angenommen. Das Angebot war ehrlich gemeint und könnte zu keinem besseren Zeitpunkt gekommen sein. Er musste einmal weg von zu Hause, abschalten, andere Luft atmen, und Italien. Vom Strand sind es noch einmal fünf Stunden bis zu seinem Ziel in Süditaliens. Das nächste Ziel ist Bari, und er hat sich eigentlich nur am heutigen Abend ein wenig die Beine vertreten wollen. Der samtig weiche Strand, den er bei der Fahrt abseits der Autostraße in dieser sternenklaren Nacht entdeckte, ist genau das, was er gesucht hat.

Nun steht da Susanna und erinnert an das, wovor er davongelaufen war. Erst jetzt bemerkt er, dass sie einen Rock trägt, der sich über ihre Knie schiebt und die Beine und Füße freigibt. Ihr dunkles Haar fällt bis auf die Schultern und umrahmt ein zartes Gesicht.

Seine Stimme wird leiser, jetzt schaut er aufs Meer. Ihre Hände berühren sich.

„Machen wir die Flasche leer." Beide stehen auf, schauen sich an.

„Was interessieren uns dein Vittorio und meine Frau, wir sind doch hier."

Karl zieht Susanna in seinen Arm, küsst sie hart auf den Mund und spürt, wie sie nachgibt. Sie lässt es zu, schmiegt sich an ihn wie eine Katze, nimmt seine traurige Wildheit wahr und streichelt seinen Nacken. Er hält sie sanft fest und fühlt, wie auch er sich allmählich entspannt.

Sie nimmt sein Gesicht in die Hände und lächelt. Mit ungeheurer Sehnsucht hebt er Susanna hoch, um sich mit ihr im weichen Sand fallen zu lassen. Nichts ist wichtiger als die Berührung durch den anderen, dessen Haut auf der eigenen zu fühlen. Susanna spürt seine Lippen auf ihrer Brust, sie ist eingeklemmt in der Umarmung und wünscht, nie wieder losgelassen zu werden. Es gibt nichts Wichtigeres, als angenommen zu sein. Sich ohne Scheu hinzugeben und die Küsse und Umarmungen zu erwidern. Wie in einem Rausch erleben beide diesen Akt der Vereinigung. Nie zuvor hat Susanna so die festen Arme und das starke Verlangen eines Mannes gespürt. Sie hält sich fest, treibt ihn an und schreit laut auf, als sich ihre Körper im gleichen Rhythmus bewegen.

Karl, der nach langer Zeit wieder einmal die weichen Rundungen einer Frau fühlt, lässt sich mitreißen, die Regungen der Gefühle, die Sehnsucht nach fast Vergessenem. Immer wieder finden sie zueinander, berühren sich erneut, streichen über die Stellen, die sie befriedigen. Sie schauen sich in die Augen, finden keinen Grund, dieses Liebesspiel zu beenden, und sind glücklich.

„Du hast mir wieder das Leben geschenkt."

„Nein, nur wieder geweckt, wachgerufen."

„Vor einigen Stunden kannten wir uns noch nicht."

„Kennen wir uns?"

„Jedenfalls war es schön mit dir, wenn auch nur für diesen Augenblick."

Susannas Stimme ist warm und zittert ein wenig. Karl

gibt zu, dass sich auch in ihm etwas rührt, was er eigentlich nicht mehr annehmen wollte.

„Gib auf dich acht, Susanna, wir haben gemerkt, wie schnell sich etwas ändern kann."

Ich will zu Julia zurück, schießt es durch seinen Kopf, er sucht kein Abenteuer und bekommt Sehnsucht nach seiner Frau. Die lebenslustige Julia, die außer ihm noch andere Männer liebt, der das Leben an der Seite eines naturverbundenen Mannes zu wenig ist. Vernachlässigt hat er sie, die schöne Frau, die Gesellschaft liebt und Menschen um sich braucht. Wieso hatte er geglaubt, dass sie in einem Dorf mit einem besessenen Tischler, der die meiste Zeit in seiner Werkstatt verbringt, glücklich sein würde? Verloren hat er sie. Der Abend, als er, im Auto an der Ampel wartend, im Schein des Lichts seine Frau im Fenster eines der Häuser in den Armen eines anderen erkannt hatte, brannte sich ihm ein wie Feuer. Sie hatte ihn verlassen.

Susanna liegt mit ausgebreiteten Armen auf der Decke, sie ist glücklich.

„Denkst du an Vittorio?"

„Und du an deine Frau?"

„Ich muss nach Hause."

Sie steht auf, Karl schüttelt den Sand aus der Decke, faltet sie zusammen und trinkt den letzten Tropfen Rotwein.

„Gehen wir, ich werde den Rest der Nacht im Auto verbringen."

Schweigend gehen sie bis zur Promenade, sie berühren sich nicht mehr.

Das Meer ist ruhig, der Mond schickt sein Licht über die Wellen.

„Mach es gut Susanna, vielleicht kommst du ja mal zur Müngstener Brücke, sie ist ein beliebtes Ausflugsziel."

„Schick mal eine Ansichtskarte aus Matura, muss eine interessante Stadt sein, adressiere sie an Vittorio DiLorenzo in Scarpezzano, man kennt ihn dort."

Die Lampions schaukeln noch im Wind, die Tischreihen sind abgeräumt, nur aus der Küche ist noch das Klappern des Geschirrs zu hören. Elena hantiert und räumt die letzten Gegenstände der vergangenen Feier auf.

Als sie Susanna kommen sieht, trocknet sie die Hände am Rock und läuft auf die Frau ihres Cousins zu.

„Susanna wo bist du so lange gewesen? Vittorio hat sich schreckliche Sorgen gemacht und sucht die Gegend nach dir ab. Es ging so laut und fröhlich zu hier auf eurem Fest. Es ist doch eure Silberhochzeit, du bist die Braut, die Hauptperson, warum ist es uns nicht aufgefallen, dass du auf einmal nicht mehr dabei warst?" Die Cousine streicht immer wieder über Susannas Haare. „Du bist ja ganz nass, was ist passiert?"

„Was soll schon sein, es war sehr heiß, ich hatte einfach Lust, noch einmal schwimmen zu gehen, das Meer ist heute wunderbar. Wo ist Vittorio jetzt?"

„Schwimmen um diese Zeit? Es war doch schon dunkel, merkwürdig." Elena schüttelt den Kopf und zeigt auf Vittorio. Er ist leise hinzugekommen, sieht den Zustand seiner Frau, umarmt Susanna und drückt sein Gesicht fest in ihre Haare.

„Geh nicht noch einmal so lange fort, ich …"

Susanna spürt seinen schnellen Herzschlag und den festen Druck seiner Arme.

„Ich bin doch bei dir. Hol uns noch was zu trinken, setzen wir uns unter die Lampions und schauen in die Nacht."

„Ich lasse dich nicht mehr los! Elena, bring uns noch zwei Gläser Roten."

Hand in Hand schauen sie in das das Dunkel der Nacht. Erst als Susanna friert, gehen sie ins Haus.

„Ich bin sehr müde, lass uns schlafen."

Vittorio hält seine Frau im Arm und betrachtet sie so lange, bis sie eingeschlafen ist.

Beim ersten Sonnenaufgang öffnet die Bar am Strand. Mit lautem Krach entsorgt Marco die leeren Flaschen der vergangenen Nacht und weckt damit Karl, der den Rest der Nacht unbequem in seinem Auto verbracht hat.

„Ist es möglich, schon einen Kaffee und ein Glas Wein zu bekommen?"

Marco bejaht die Frage mit einem Nicken und bietet auch die frisch gebackenen Croissants an.

Karl streckt sich, wäscht sein Gesicht, nimmt das süße Gebäck und versucht, den Espresso in kleinen Schlucken zu trinken. Auf einem Ständer an der Theke sind Ansichtskarten befestigt. Er dreht den Ständer und lächelt über all die gleichaussehenden Ansichten. Blauer Himmel, blaues Meer, kilometerlange Sandstrände, besetzt mit blau gestreiften Liegen und himmelblauen Sonnenschirmen. Eine Schande, diese wunderbare Landschaft so verfälscht darzustellen.

Er dreht den Ständer einige Male, bevor er eine Aufnahme, das Meer nachts im Mondschein, entdeckt. Es sind nur einige Worte, die er schreibt. *Meine liebste Julia, du fehlst mir.*

Seltsam ist es, die Karte an die eigene Adresse zu schicken. Er ist sich sicher, dass Julia hin und wieder ins Haus geht.

Marco hat noch eine Briefmarke, Karl bezahlt und überlässt ihm vertrauensvoll die Karte.

Susannas Schlaf ist nicht tief, nach kurzer Zeit wacht sie auf. Dass sie in den Armen Vittorios liegt, ist ungewöhnlich. Sie betrachtet sein Gesicht und vergleicht die fein geschwungenen Linien, die zarte Nase und die vollen Lippen mit dem kantigen und rauen Gesicht Karls. Es ist noch nicht lange her, dass sie in den Armen eines Fremden gelegen und höchste Lust empfunden hatte. Genauso lange ist es her, dass sie der Überzeugung gewesen war, ihrem Leben ein Ende setzen zu wollen.

Jetzt überlegt sie, ob ein Neuanfang die Chance ihres Lebens, ihrer Liebe und ihres Glücks sein könnte. Liegt es in ihrer Hand, die Dinge neu zu betrachten und zu verändern?

Vittorio ist unruhig geworden, er murmelt Susannas Namen.

„Bei dir fange ich an, du wirst zum Mann meiner Träume werden."

Sie schmiegt sich an ihn und verspürt den Druck seiner Arme. Die Sonne, die durch die leichte orangefarbene Gardine scheint, verwandelt das Zimmer in einen Ort voller Wärme. Susanna will weiterschlafen, geweckt wird sie von Vittorio, der ihr aufgedecktes Bein streichelt.

Er ist vollständig bekleidet, trägt Shorts und ein tadellos weißes Polohemd.

„Susanna, es ist bald schon Mittag, du hast so lange

geschlafen, es wird Zeit aufzustehen."

Sie blinzelt, lächelt und nimmt die Hand ihres Mannes. Aufmerksam schaut sie auf die Farben im Zimmer, die bemalten Möbel; erst jetzt fallen ihr die hübsche Porzellankanne und die Bilder an den Wänden auf, die die Schönheit dieser Landschaft wiedergeben. Sie fühlt den warmen Wind durch die Spalten der Fensterläden und erfreut sich am Spiel der Sonnenstrahlen.

„Fast Mittag, verzichten wir auf ein Frühstück, gehen wir noch eine Runde schwimmen."

„Um die Mittagszeit schwimmen ist eigentlich ungesund, und meine Cousine rechnet zum Essen mit uns, ich weiß nicht …"

„Ach komm, Vittorio!" Susanna zieht ihm das Shirt über den Kopf und öffnet den Knopf seiner Hose. Sie selbst springt aus dem Bett, sucht den Badeanzug und läuft mit dem verdutzten Mann hinunter zum Strand.

Ziemlich leer ist es dort um diese Zeit, den Italienern sind die Mahlzeiten wichtig. Pranzo, das Mittagessen, wird pünktlich eingehalten, die meisten sind in die nahen Häuser gegangen.

„Komm Vittorio, es ist herrlich!"

Vorsichtig, irritiert über das Verhalten seiner Frau, macht er kleine Schritte über spitze Muscheln in dem weichen Sand. Sie spritzt ihn nass, lacht übermütig und schwimmt davon, hin zu den Wellenbrechern. Vittorio, als guter Schwimmer, mit kräftigen Zügen hinterher. Es ist ruhig, von der Lebendigkeit am Strand kaum etwas zu hören. Schweigend schwimmen sie nebeneinander zu den Wellenbrechern. Susanne ist erschöpft und nimmt gerne die Hand Vittorios, die er ihr zum Klettern auf die Felsen reicht.

Ihr Atem geht schnell, die Arme in die Hüften gelegt, schaut sie aufs Meer, lange bleibt sie so stehen. Vittorio lässt sie wie gewohnt in Ruhe, bleibt still. Aus den Augenwinkeln beobachtet er seine Frau, irgendetwas ist anders.

Sie legt den Kopf in den Nacken, wirft einen Stein in die Fluten. „Es ist vorbei."

Sie nimmt Vittorios Hand. „Schwimmen wir zurück, laufen wir etwas am Strand."

Verlassene Liegestühle und Sonnenschirme, in der Mittagspause festgebunden, wenige Sonnenhungrige, die hier liegen oder am Strand herumlaufen. Vittorio findet eine Weinflasche, die letzten Rotweintropfen kleben an seiner Hand. „Unmöglich, die Leute, die hier einfach alles liegen lassen." Mit Kopfschütteln bringt er die Flasche in die entfernt stehende Mülltonne. Susanna wartet und meint, im Sand den Abdruck einer Decke zu sehen. Sie sucht einige Muscheln und macht damit ein Muster in den Sand, schreibt die Anfangsbuchstaben S & K.

Vittorio, zurück, schaut ihr über die Schulter. „Das V hat einen Strich in die falsche Richtung, sieht eher wie ein K aus."

Mit dem Fuß verwischt Susanna die Schrift und hängt sich in Vittorios Arm. „Trinken wir etwas an der Bar?"

Die Bar ist gut besucht, außer Getränken gibt es kleine Gerichte, Pizzastücke, Salate und andere Kleinigkeiten.

„Lass uns nur ein Glas Wein trinken." Susanna streichelt Vittorios Arm.

„Susanna, du hast nichts gegessen, ich weiß nicht, ob

Wein jetzt das Richtige ist."

„Wein ist zu jeder Zeit gut, ich habe Lust darauf und will mit dir anstoßen."

Den kräftigen Schlag auf die Schulter Vittorios kann sich Marco nicht verkneifen. „Sei ein italienischer Mann, ein Glas Wein am Morgen schadet nie, und den Wunsch einer Frau schlage niemals aus." Galant serviert er den Wein und zwinkert Susanna zu.

„Ihr seid nicht die Ersten, die heute Morgen schon Wein trinken. Es kam ein Deutscher, der unsere Sitte kennen und lieben gelernt hat. Nach zwei Gläsern erzählte er dann, dass er nach Bari und weiter nach Matura wolle. Da hast du was Schönes vor dir, bewunderte ich ihn. Bin auf dem Weg zu einem Neuanfang, meinte er. Mir erschien er dann mit einem Mal sehr unruhig. Verlangte, immer weiter zu trinken. Gebremst habe ich ihn; mit so viel Alkohol ist es gefährlich, mit dem Auto zu fahren. Er schien mir leicht verwirrt zu sein. Ich schlug ihm vor, erst seinen Rausch auszuschlafen. Dazu habe er keine Zeit mehr, er habe seine Pläne geändert und müsse zurück nach seiner Brücke, kam es über seine Lippen. Merkwürdig, wie kann man Sehnsucht nach einer Brücke haben?"

Sie stoßen miteinander an, und Vittorio staunt über die Frau, die ihm gegenübersitzt. Er ist hingerissen von Susanna und bereit, den Tag allein mit ihr zu verbringen.

Susanna zerstreut Vittorios Gedanken, sie fasst mit beiden Händen um seinen Hals und liebkost die feuchten Haare in seinem Nacken. „Wie liebe ich diesen Nacken! Habe ich dir das eigentlich schon mal gesagt?"

Karataş

Seit Tagen sind sie umgeben von vielen Menschen. Die Familie hat sich eingefunden und feiert in der Türkei den 80. Geburtstag der Mutter.

Es ist die Gelegenheit, sich wieder einmal zu sehen, miteinander zu reden und die Mutter zu ehren. Auf einem gut gepolsterten Stuhl, das Geburtstagsgeschenk der fürsorglichen Familie, sitzt sie zwar bequem, doch viel zu lange. Der Rücken schmerzt, die Beine fühlt sie fast nicht mehr, und immer wieder fällt der Kopf vor Müdigkeit auf ihre Schulter. Wie gerne hätte sie sich ein kleines Schläfchen gegönnt. Unmöglich, die Freude über den Besuch ihrer acht Kinder, die samt Ehefrauen und Nachwuchs, mittlerweile in Deutschland zu Hause sind, darf sie nicht verschlafen.

Aus Deutschland kamen sie angereist, der jüngste Sohn sogar mit seiner deutschen Frau.

Die Gedanken schweifen zurück, sie muss lächeln bei der Erinnerung an ihr langes Leben, welches nicht so einfach verlaufen war an der Seite eines anstrengenden Mannes, mit den Geburten von 13 Kindern und den täglichen Herausforderungen einer Großfamilie. Mit der Hilfe Allahs hatte sie es geschafft, allen gerecht zu werden, eine gute Frau und Schwiegermutter zu sein und die Kinder ordentlich erzogen zu haben.

Sie dankt und seufzt, erhebt beide Hände und ist ermüdet von den vielen Reden und Feierlichkeiten. Die große Anzahl der Gäste ist anstrengend.

Zum Glück haben alle dank der guten Organisation des ältesten Sohnes eine Unterkunft gefunden, sodass sie zu Hause ihre Ruhe haben wird.

Der Sommer neigt sich allmählich dem Ende zu, die Familien aus Deutschland bleiben noch eine Weile und es ist klar, dass sie sich hauptsächlich im Haus bei der Mutter aufhalten.

Zu viel des Guten für den jüngsten Sohn und seine deutsche Frau. Das Pflichtprogramm ist absolviert, und die älteste Schwester bemerkt die Unruhe des jüngeren Bruders. Mit einem Augenzwinkern reicht sie ihm den Autoschlüssel.

„Du kennst den Weg nach Karataş. Unser Sommerhaus dort steht leer, nimm deine Frau und macht euch ein paar schöne Tage."

Nichts ist besser als das.

Die Fahrt dorthin ist die Gelegenheit, mit einem glücklichen Lächeln seiner Frau von den Kindheitserinnerungen an die Sommerzeiten am Meer zu erzählen. Ihr gefallen die Abenteuer eines kleinen Jungen, zärtlich schmiegt sie sich an ihn.

Ungefähr zwei Stunden dauert die Fahrt zu dem kleinen Dorf, das im Sommer zum Ferienziel vieler Städter wird. Schon von Weitem sind die hell und freundlich gestrichenen Häuser, die alle einheitlich terrassenmäßig angeordnet aufs Meer schauen, zu erkennen. Üppige Blumenbeete in den Vorgärten verzaubern noch mit herrlich roten Farben, doch von der Lebendigkeit der letzten Tage ist nicht mehr viel zu spüren.

Die Feriengäste sind zurück in die Stadt. Die Wege in der Anlage sind bis auf einige streunende Hunde und Katzen leer. Die Fenster und die Tür des Restaurants vergittert. Eine Geisterstadt! Das Leben war gestern.

Mit Mühe suchen die beiden das Haus der Schwester. Die Häuser ähneln sich alle mit ihren verschlossenen Türen und heruntergelassenen Rollläden. Hausnummern existieren nicht.

Sie laufen und suchen und finden endlich den Türknopf mit dem Gesicht eines Löwen, den sie vor Jahren als Geschenk für die Schwester aus Deutschland mitgebracht hatten. Der Hausschlüssel passt, und als Erstes kommt ihnen der unangenehme Geruch von Mottenpulver in dunklen Räumen entgegen.

Erschreckt werden sie von Möbelstücken, die mit großen weißen Laken bedeckt sind.

„Zum Schutz vor der Sonne", er weiß Bescheid und bremst seine Frau, die diesen Schutz schnell entfernen will.

„Wir sind zu zweit, es genügt, wenn zwei Sitze frei sind."

Vorsichtig geht sie in die Küche, wo das Porzellan fein säuberlich mit bunten Häkelarbeiten zugedeckt ist. Die zweistöckige Teekanne unter einer giftgrünen.

Im Bad auf dem Boden, wie üblich, das Waschbecken mit mattsilbernen Schüsseln zum Wasser gießen. An den Wänden hängen Wasserschläuche in großen Mengen.

Zwei Schlafräume mit niedrigen Betten zur Auswahl. Sofort entscheiden sie sich für das kleinere Zimmer mit dem Bett, dessen Blick auf eine Fensterreihe oben in der Wand gerichtet ist. Das Blau des Himmels genau vor Augen und ein zarter, gelb-orangefarbiger Vorhang, der leicht hin und her weht.

Sie legen sich hin und lassen sich ein auf die Ruhe des späten Nachmittags mit dem Lichtspiel der Sonne und dem Wind. Die Farben des Vorhangs in der Bewegung der Luft lassen sie träumen. Hand in Hand liegen sie da, berührt von diesem Zauber der letzten Sommertage. Sie schauen sich an und bestaunen das noch immerwährende Glück ihres Zusammenseins. Gefühle, die gewachsen und zu einer Einheit geworden sind.

„Ich fühle das, was du auch fühlst."

Sie möchten etwas essen, doch bis auf Tee und einige Zuckerwürfel ist nichts im Haus zu finden, sie müssen ins Dorf.

Das kurze Stück mit dem Auto, durch dessen heruntergelassene Fenster der Wind zu spüren ist, und das Meer an der Seite zu haben gefällt ihnen sehr.

Im Dorf geht es träge zu. Männer sitzen vor den Häusern auf einem Stuhl oder Hocker, die Hände oder das Kinn auf einen Stock gestürzt.

Die Frau ist begeistert von den intensiv leuchtenden Augen in den braun gebrannten Gesichtern der Alten. Mit dem typisch verwegenen Schnurrbart und den vielen Falten sind sie, ganz gleich welchen Alters, äußerst attraktiv.

Frauen tragen hochgefüllte Eimer mit Wasser, schütten diese über Wege und fegen mit breiten Besen den Staub. Hühner und Schafe laufen herum und picken auf, was sie mögen. Katzen rekeln sich in der Sonne und die Hunde hecheln auf einem schattigen Plätzchen.

Männer wie Frauen tragen weite bequeme Hosen und finden bei aller Beschäftigung Zeit, miteinander zu plaudern, zu lachen oder einfach die Stille nach der Hektik der Sommertage mit den vielen Besuchern, zu genießen.

Der Mann nimmt die Hand seiner Frau, möchte ihr den Strand zeigen, die Stellen, an denen er als Kind gespielt und als junger Bursche bei dem Geräusch des Wellenschlages gut geschlafen hat.

Am Meer ist Leben. Hier tummeln sich die Kinder. Ganz unter sich unternehmen sie wilde Spiele, stürzen sich mit Geschrei ins Wasser, werfen mit Sand und toben entlang der Dünen. Auch sie fallen auf mit der sommerlichen Bräune auf der Haut und blitzenden weißen Zähnen im dunklen Gesicht. Ihre Schreie und das Lachen sind ansteckend.

Das Paar lacht mit, er schießt einen Ball hoch ins Wasser, und sie lässt sich von den kleinen Mädchen über die blonden Haare streicheln.

TAZE BALIK – frischer Fisch

Das Schild auf dem Restaurant der anderen Straßenseite klingt verführerisch, Appetit auf Fisch haben beide.

„Gehen wir!"

Sie sind nicht die Einzigen, die den Weg ins Restaurant wählen. Die Frau zeigt mit Schrecken auf zwei Ratten, die schnurstracks unter einer blauen Holztüre ins Restaurant verschwinden. Der Appetit ist vergangen.

„Ratten müssen auch leben und wissen anscheinend, was gut ist", sein Kommentar. „Gehen wir zurück ins Dorf, da finden wir bestimmt ein Lokal nach unserem Geschmack."

Nicht zu übersehen ist der Bakkal, ein Tante-Emma-Laden, das wichtigste Geschäft. Hier gibt es einfach alles für den täglichen Bedarf.

Der Mann strahlt, als er in hohen Gläsern mit Puderzucker bestreute Bonbons erkennt, die er als Kind so geliebt hatte.

Sie kaufen das verführerisch duftende Weißbrot, einige Flaschen Wasser, weißen Käse und eine Melone, die beste Mahlzeit an einem heißen Sommertag. Er findet noch seine Lieblingsoliven und sie nimmt goldgelben Honig mitsamt der Wabe.

Natürlich weiß der Bakkal, wo das beste Restaurant ist. Kurz schließt er den Laden und führt die beiden einige Häuserecken weiter in ein freundliches Haus mit der Aufschrift MERCAN LOKANTASI. Vier Tische, mehrere Stühle und eine Bank, alles aus dem gleichen Holz, schlicht und passend. Ein älterer Mann und ein kleiner Junge sitzen dort und sind beschäftigt. Der Junge fuchtelt mit einem Stift vor der Nase des Alten.

„Ich helfe meinem Enkel bei den Rechenaufgaben, er tut sich etwas schwer damit", die verschämte Erklärung des Großvaters. Er ruft eine junge Frau aus der Küche, die gleich die Stühle zurechtrückt und anpreist, was es zu essen gibt. Die Auswahl ist nicht groß, hört sich aber köstlich an. Gefüllte Teigtaschen mit Joghurt und Pfefferminz, gefüllte Weintraubenblätter oder Auberginengemüse mit Lammfleisch. Zu trinken gibt es Wasser, Limonade, Tee und vor allem Ayran, aus kaltem Joghurt mit Salz, das Lieblingsgetränk der Frau im Sommer. Natürlich auch Nescafé für die ausländische Dame.

Bedient werden sie von ihrem Mann, der eifrig mit einem feuchten Tuch über den schon sauberen Tisch wischt und leicht angekratzte Teller, zwei dickwandige Gläser und Besteck, in weißes Papier gewickelt, auflegt. Jedes Mal mit einer Verbeugung und der Bemerkung: „Das Essen kommt gleich, es sei euch gegönnt, guten Appetit."

Sie sind die einzigen Gäste, die beobachten und beobachtet werden. Das Kind kann sich nicht konzentrieren, lacht ihnen zu und erhält prompt einen Klaps auf den Kopf.

An den Wänden hängen Keramikteller, wunderschöne Blumenmotive in grünen und blauen Farben. Das Brot auf dem Tisch in ungewohnt dunkler Farbe. Sie probiert ein Stück, der Geschmack ist fad und der Teig ziemlich hart.

„Gutes Brot", nickt der Alte und zeigt lobend den Daumen in die Höhe.

„Gewöhnungsbedürftig", erwidert sie und isst tapfer weiter.

Die nächsten Gerichte werden aufgetischt, unbeholfen arrangiert mit vielen roten Tomaten und frischer grüner Petersilie. Saftige Zitronen lassen das Wasser im Mund zusammenlaufen.

Erwartungsvoll bleiben der Wirt und die Köchin am Tisch stehen; sie fordern die Gäste auf, zu probieren und zu loben. Das gewünschte Wasser steht in einem Krug auf dem Tisch, mit der gewohnten Kühlschranktemperatur wäre es eine Erfrischung gewesen.

Sie probieren von allem. Schmeckt es? Die fragenden Augen erwarten eine Antwort. Es schmeckt nicht so wie erwartet, doch es macht Freude zu essen, mit netten Menschen zusammen zu sein und das Leuchten im Gesicht des Gegenübers zu sehen. Sie lachen gemeinsam, die Wirtsleute bieten zum Dank noch Pfirsiche und Weintrauben an.

Es ist schon dunkel, als sie sich mit einer herzlichen Umarmung verabschieden.

Am späten Abend sind sie zurück in der Ferienanlage, die Straßenbeleuchtung ist schwach. In der Dunkelheit kein Mensch aus der Nachbarschaft zu sehen oder zu hören.

Die unheimliche Stille macht der Frau Angst. Die weißen Laken über den Möbeln sehen gespenstisch aus. Er lacht, als sie die Haustüre abschließen will.

„Hier ist doch niemand außer uns."

Nach dem anstrengenden Tag ist er müde und legt sich hin.

Sie sitzt angespannt auf der Bettkante und lauscht, hört unbekannte Geräusche, ist hellwach und wehrt sich gegen seine bittenden Hände. Er zieht sie zu sich aufs Bett, will sie beruhigen und lacht.

Dann hören sie es beide, laut und deutlich, das Geräusch einer Trillerpfeife.

„Hilfe, Einbrecher!"

Mit Angstperlen im Gesicht versteht sie nicht, dass er so gelassen liegen bleibt. Zärtlich nimmt er ihre Hand. „Das ist nur der Bekçi, der Nachtwächter. Jeden Abend geht er seine Runden und sorgt für Sicherheit. Mit seiner Pfeife verscheucht er die Einbrecher oder beruhigt sich selbst. Das ist sein Job, den er erfüllt, egal ob da jemand wohnt oder nicht, er läuft Nacht für Nacht durch die Straßen und passt auf. Du kannst beruhigt sein, vergiss die Angst, leg dich zu mir, dann schläfst du wie ein Engel."

Nicht ganz überzeugt, doch vertrauensvoll rückt sie in seine Nähe.

Geweckt werden sie am nächsten Morgen von strahlendem Sonnenschein. Die Bewegungen des Vorhangs, die gleichen wie am Tag zuvor.

Wunderschöne Linien und Muster auf den Wänden nehmen die Lust, aufzustehen, es ist so schön, sie beide allein in zärtlicher Umarmung.

Später schwimmen sie weit hinaus aufs Meer, lassen am Strand den Sand über die Körper rieseln und werden nicht müde, sich an der Schönheit eines Sommertages zu erfreuen.

Herbst

Siedlungskinder

Nebelfelder versuchen, einen Weg durch die Anordnung der Siedlungshäuser zu finden. Die Blöcke stehen paradox zueinander, wie hingewürfelt, so als schauten sie sich an.

Einmal sind es die Eingangstüren mit den silbern blinkenden Briefkastendeckeln, zum anderen die Kehrseiten der Häuser mit den auf Balkonen geschmückten Blumenkästen, deren Geranien jetzt im Herbst langsam die Pracht der leuchtenden Blüten verlieren. Eingefasst sind die Häuserblocks in Grünflächen und ausgeschmückt mit hohen Birken und Weidenbäumen.

Der ideale Spielplatz der Kinder. In der kälter werdenden Luft lieben sie die Kellereingänge, die mit mehreren Stufen abwärts hinter jedem Haus liegen. Die perfekten Verstecke für das beliebte Spiel: Räuber und Gendarm. Hier haben die Räuber 1000 Möglichkeiten, einen Unterschlupf zu finden, wo sie hocken und nicht gesehen werden, wo sie die kalten Finger reiben und mit dem Hauch ihres Atems dem aufsteigenden Nebel Konkurrenz machen.

Zu schön ist es, in den herabgefallenen Blättern die Spuren zu verlieren und so die Chance, von den Gendarmen erwischt zu werden, gering ist. Die Polizisten, mit Stöcken und Trillerpfeifen ausgestattet, rasen durch die Siedlung, beäugen jeden Kellereingang und jubeln bei der Gefangennahme eines Räubers. Die Gesichter der Kinder sind verschwitzt und leuchten hoch rot vor Aufregung und Anstrengung.

Vergessen sind die Schaukel und das Klettergerüst des Spielplatzes im Sommer.

Die Landschaft im Herbst ist einfach die perfekte Kulisse, die das Spiel zu einem großartigen Erlebnis werden lässt. In der aufkommenden Dunkelheit, so zwischen fünf und sechs Uhr, erreicht die Spannung ihren Höhepunkt und lässt die Herzen schneller schlagen. Die Angstrufe der Jüngsten sind unüberhörbar echt und das schrille Pfeifen der Polizisten intensiv.

Mit Herzblut sind sie dabei. Hilde, Uschi und Elke nehmen den kleinen Klaus fest an die Hand und beugen sich schützend über ihn. Die Aufgabe der Mädchen gefällt den Kleinen, sie verkriechen sich gerne unter den geöffneten Mänteln und genießen die Wärme und Nähe der Großen. Dass dem kleinen Irmchen hin und wieder der Mund zugehalten wird, weil es so laut schreit, quittiert diese mit heftigen Fußtritten.

Als Ausspäher sind nur die Jungen zugelassen. Felix und Kurt schleichen an den Geländern entlang und geben mit festgelegten Lauten die Zeichen für Gefahr oder Entwarnung. Wer ein Räuber oder Gendarm wird, losen sie vor Beginn des Spiels aus. Eine Prozedur, die lange anhält und von viel Geschrei wegen angeblicher Schummelei begleitet wird. Obwohl ein Tausch der Rollen in der zweiten Runde stattfindet, ist die Position der Polizisten die beliebteste. Weil in der Überzahl, werden die Mädchen auch als Gendarmen zugelassen.

An diesem Nachmittag, einem sonnigen, der nicht so

beliebt ist für das Spiel, bei dem der Nebel bevorzugt wird, stehen die Kinder noch unschlüssig und mit neuen Ideen beschäftigt auf den leeren Parkplätzen vor den Häusern.

Die Mädchen hüpfen in mit Kreide aufgezeichneten Kästchen und die Jungen treten gelangweilt gegen eine Blechdose. Sie scheinen auf den Nebel, den Regen oder den Wind zu warten.

Annie hält im Hüpfen inne, sie ist erstaunt darüber, ihren Vater um diese frühe Nachmittagsstunde aus dem Haus kommen zu sehen. Sehr ungewöhnlich, sie stoppt das Spiel, läuft zu dem Mann, der ihren fragenden Blicken mit einem Lächeln begegnet. Der große Mann stellt den kleinen Koffer ab und streicht seiner Tochter über den Kopf.

„Ich bin für eine Weile nicht da, ich habe eine wichtige Sache zu erledigen, die länger dauert. Aber jeden Tag werde ich an dich denken und mich danach sehnen, wieder bei dir zu sein."

Annie kennt den Klang dieser Stimme nicht, er stört sie, irgendetwas ist nicht in Ordnung. Ist der Vater krank? Warum geht alles so schnell und plötzlich? Weshalb hat die Mutter nichts gesagt, warum weiß ich nicht Bescheid?

Viele Gedanken schießen durch Annies Kopf, erlauben aber nicht, sie auszusprechen. Sie glaubt, Tränen in Vaters Augen zu sehen, und spürt, wie die eigenen feucht werden. Zu gerne möchte sie den Vater umarmen, kann es aber nicht.

Seine Hand auf ihrem Kopf zu spüren tut gut, fühlt sich aber gleichzeitig wie eine schwere Last an.

Der Vater nimmt wieder den Koffer und verschwindet

langsam. Annie schaut ihm nach und wartet darauf, dass er sich noch einmal umdreht.

Hand in Hand

„Akşam güneşi güzele vurur." – Die Abendsonne fällt
auf die Schönen.
Salim und Sakin haben ihren Platz auf der Bank vor
der Eminönü-Moschee gefunden. Salim hebt ihr Gesicht
der Sonne entgegen, erwidert den Druck seiner Hände
immer mit dem Glücksgefühl, diese Hände berühren und
sich daran festhalten zu können. Hände, die gleich bei der
ersten Begegnung die Sehnsucht in ihr geweckt hatten,
wie es sein müsse, von diesen Händen geliebt zu werden.
Die Hände dieses Unbekannten, die ihn außergewöhnlich
attraktiv und erotisch hatten erscheinen lassen.
Sakin erinnert sich gern daran, als sie Salim auf der
Suche nach einem schönen Stoff in seinem Geschäft auf
dem gedeckten Bazar mit diesen Händen die Stoffe
anbieten sah. Leicht, mit zartgliedrigen Fingern hatte er
die unterschiedlichsten Stoffballen aufgerollt, sie
geschickt – fast liebevoll – auf die Theke gelegt,
überzeugt von der besten Qualität seiner Ware. Immer
wieder hatte sie darum gebeten, die Stoffballen
aufzurollen.
Auch ihm war das junge Mädchen, aufgefallen, das
wie selbstverständlich ohne jede Scheu die Stoffe
betrachtete und darüberstrich. Als kein Stoff sie
zufriedenstellen konnte und sie jedes Mal ein
Kopfschütteln mit der Bitte nach weiteren Angeboten
aussprach, ahnte er, was dahintersteckte.
„In einer halben Stunde schließe ich das Geschäft,
gerne können wir die offensichtlich gemeinsame Liebe
zu schönen Stoffen nebenan bei einem Tee weiter

vertiefen."

Mutig hatte Salim Sakin angesprochen und wurde nicht enttäuscht.

Diesem Treffen folgten weitere, sie unternahmen lange Spaziergänge am Bosporus, tranken Mokka in den Caféhäusern, fanden die verstecktesten Wege des Bazars und waren glücklich, wenn sie nach getaner Arbeit in Salims Geschäft den Geruch der Stoffe schnupperten, neue Farben und Muster bewunderten und dabei feststellten, wie gut es war, den anderen neben sich zu haben. Nicht nur die Stoffe berührten sie, Salim strich mit der gleichen zarten Geste Sakins Haar, und sie konnte nicht anders, als einen Kuss auf seine Hände zu drücken.

Es dauerte nicht lange, bis Salim den erträumten Heiratsantrag machte und sie endlich Tag für Tag und Nacht für Nacht beieinander sein durften. Sie wurden das, was man ein glückliches Paar nannte. In Karaköy, unmittelbar neben dem Galataturm, wohnten sie auf der ersten Etage eines prachtvollen Hauses.

Es fehlte ihnen an nichts. Beliebt waren sie bei den Nachbarn, zu den Eltern hatten sie guten Kontakt, und mit Freude teilten sie sich die Arbeit im eigenen Geschäft. Verliebt waren sie in die Schönheit ihrer Stadt, jeden Tag aufs Neue fielen ihnen Schätze auf, die sie vorher noch nicht gesehen hatten.

Hier zu leben war ein Geschenk! Allein der tägliche Blick von ihrem Balkon auf das Meer bereitete Vergnügen. Die Bewegungen der großen Containerschiffe, die, gefüllt mit den Waren aus fernen Ländern, majestätisch die Meerenge passierten, oder die kleinen Boote, auf denen ausflugshungrige Menschen langsam durch die Strömung vorbei an den zahlreichen

Palästen der früheren Sultane fuhren.

Höhepunkte ihrer Ausflüge waren immer die Besuche auf den Prinzeninseln. Die Fähre dorthin hielt unmittelbar vor ihrem Haus; meist hatten sie Glück, und die Wellen schlugen sanft. Angekommen auf der Insel ging es weiter in geschmückten Pferdekutschen. Autos waren nicht erlaubt, und so ließen sie sich durch die begrünte Landschaft und die gesunde Luft kutschieren, wo immer es möglich war, zwischen den Bäumen einen Blick auf das Blau des Meeres zu erhaschen.

Dankbar, von so viel Schönheit umgeben zu sein, mit dem Gefühl einer großen Zufriedenheit erlebten sie die Fahrten vorbei an Villen, Überbleibsel der osmanischen Kultur in prächtig angelegten Gärten. Eingebettet in Blumenmeere, zwischen exotischen Bäumen und Pflanzen, luden Restaurants zu abendlichen Konzerten mit stadtbekannten Musikern ein. Der melodische Klang schöner Stimmen, begleitet von typisch orientalischen Instrumenten, meist melancholisch und sehnsuchtsvoll, war dann weit über die Insel zu hören. Die Besucher liebten es, Keyf zu haben, die besondere Art des Wohlbefindens. Sie tranken ihren Raki und überließen sich der Stimmung eines lauschigen Abends unter dem Sternenhimmel Istanbuls.

An anderen Tagen besuchten sie in ihrem Viertel ihren Freund Kaşıbeyaz in dessen Lokal. Sein Name bedeutet „weiße Augenbraue", was sein eigenes typisches Merkmal war.

Kaşıbeyaz liebte es, bei den Stammgästen zu sitzen, zu erzählen und nach einigen Gläsern Raki sentimentale Lieder zu singen.

Das Leben wurde nicht langweilig, die Stadt hatte so

viel zu bieten, dass weder Salim noch Sakin den Wunsch verspürten, woanders zu sein.

„Den Geschmack der Welt finden wir hier. Der Tag auf unserer Bank vor der Moschee reicht aus, zu sehen, was die Welt zu bieten hat." Davon war Salim überzeugt.

In dem Bewusstsein, dass sie sich auf der Sonnenseite des Lebens befinden, glauben sie, dass dieses große Glück der Ausgleich dafür sei, keine Kinder zu bekommen. Der einzige Schatten in ihrer Beziehung.

Die Liebe und Verbundenheit zueinander sind außergewöhnlich. Im Laufe der langen gemeinsamen Zeit sind sie nicht schwächer geworden oder sogar verloren gegangen, nein sie sind so gewachsen, dass sie sich nicht vorstellen konnten, getrennt zu werden. Der Augenaufschlag am Morgen begrüßt als erstes das vertraute Gesicht, der Kuss am Abend gehört dem geliebten Menschen. Dass sie Hand in Hand spazieren gehen, macht sie zu merkwürdigen Personen. Sie lächeln und gewöhnten sich an die Bemerkungen, die neidvoll oder ungläubig ihre Liebe kommentierten.

Es kommt die Zeit, dass ihre Kräfte nachlassen und sie den Wunsch verspüren, die Welt außerhalb Istanbuls kennenzulernen. Sie wagen den Schritt, sich von dem Geschäft zu trennen und die große Reise nach Europa zu unternehmen. Mehrere Wochen sind sie unterwegs, auch in der Hoffnung, dass die doch schmerzliche Trennung von der geliebten Tätigkeit im Geschäft schneller überwunden würde.

Fasziniert von den Kulturstädten Europas, dem Ordnungssystem und der Herzlichkeit der Menschen dort kommen sie mit einer Fülle an Erlebnissen zurück in ihre Stadt.

„Wir sind um vieles reicher geworden und haben den Blick für die Welt der anderen öffnen können."

„Alle Wunder der Erde zu genießen ist deshalb so schön, weil wir beide sie zusammen sehen." Salim Worte, die Sakin mit kräftigem Nicken unterstützt. Im Stillen sucht sie manchmal nach den Tagen oder Worten, die eine Störung in ihre Ehe gebracht hätten. Hatte einmal mal das Salz in der Suppe gefehlt oder waren die Köfte angebrannt, kamen seine tröstenden Worte, dass dies jedem einmal passieren könne. Lief er an mehreren Tagen unrasiert oder in den Pabuç über die Straße, erkannte er die Unzufriedenheit darüber an ihrem Blick. Es gab sie nicht, die großen Streitigkeiten oder Probleme in ihrer Ehe, wie sie es oft von den Nachbarn oder Verwandten gehört hatten. Hin und wieder stellte Sakin sich die Frage, wie ein Leben ohne Salim ausgesehen hätte. Hatte die Abhängigkeit sie zu einer ängstlichen oder unsicheren Frau gemacht? Wie sieht es aus, das eigenständige Leben, das sie nicht habe – ein Vorwurf, den sie sich oft anhören muss?

Was verstanden die anderen schon von ihrem Leben?

Salim ertrug das Gerede seiner Altersgenossen, die sich in den Teehäusern trafen, Stunden dort verbrachten, das Tesbi durch die Finger perlen ließen und ihre alten Augen nicht von den jungen Frauen lassen konnten.

Der große Schatten ihres Zusammenseins war der nicht erfüllbare Wunsch, ein Kind zu haben. Sah er die Kinder auf der Straße im Basar oder auf den Schulwegen, wurde er traurig. Ein Kind hätte es gut gehabt bei ihnen, an der Lust oder Energie hatte es nie gefehlt, es sollte einfach nicht sein. Dass ihm Zweifel an seiner Männlichkeit kamen und Sakin große Scham über ihre

Unfruchtbarkeit empfand, belastete sie mehr, als sie sich zugestanden. Es gab Tage, an denen sie die Trauer darüber vergaßen, aber ebenso Momente, in denen sie mit Wut und Zorn über ihre vermeintliche Unfähigkeit reagierten. Dann war die Sicht von ihrem Balkon aus grau gefärbt, verdunkelte sich der Himmel, und die Wellen des Meeres wurden gewaltig. Dann sahen sie sich in die Augen mit der stummen Frage: Was bleibt von uns übrig, was werden wir hinterlassen?

In diesem Sommer spüren sie die nachlassenden Kräfte immer mehr. Den Weg von ihrem Haus bis zur Bank an der Moschee schaffen sie nur noch in kleinen Schritten. Dort sitzen sie auf ihrer Bank, füttern die Tauben und beobachten das pulsierende Leben.

„Ich hatte schon gedacht, dass wir am Ende unseres Lebens angekommen sind, doch es ist noch Sommer."

„Ja, ich spüre auch noch die Wärme. Ist es unsere Entscheidung, wie lange noch?"

Die Frage eines Paares, ob noch ein wenig Platz auf der Bank für sie frei wäre, bejahen sie freundlich und rücken näher zusammen. Die Frau und der Mann mittleren Alters sind zu Besuch in Istanbul. Der Mann ist Türke und die Frau Deutsche. Sie kommen ins Gespräch, die Frau erzählt, dass sie zum ersten Mal ohne ihre Kinder auf Reisen sind. Sie ist unruhig und freut sich über jede Nachricht, die sie auf ihrem Handy empfängt.

Der Mann ist entspannter und fordert seine Frau auf, das Leben um sich herum zu genießen und nicht immer den Blick auf dem Display zu haben.

„Ist das eine gute Kombination, Türkisch-Deutsch?" Salim ist neugierig.

„Ich glaube schon, ich erkenne das an ihren Blicken und höre es an ihren Stimmen." Sakin ist sich sicher.

Das Gespräch ist lebhaft, sie tauschen ihre Erlebnisse aus, loben die Annehmlichkeiten ihrer Länder und diskutieren freundschaftlich die Unterschiede. Der Nachmittag neigt sich dem Ende zu, der Sonnenuntergang im Morgenland ist früher und färbt die Stadt in ein anderes Licht. Ein rötlicher Abendhimmel beruhigt gleichzeitig die Geschäftigkeit auf den Straßen. Die Menschen sind müde geworden, es ist Zeit, einen Tee zu trinken und eine Kleinigkeit zu essen.

„Begleiten Sie uns nach Karaköy? Dort wohnen wir in einer Straße mit schattenbringenden Bäumen, die kühlende Luft am Abend bringen. Gerne möchten wir Sie als unsere Gäste zum Abendessen einladen. Kaşıbeyaz, unser Freund und Besitzer eines vorzüglichen Restaurants, wird uns einige Leckereien nach Hause schicken."

Ein überraschendes schönes Angebot, das Paar hat nichts anderes geplant, sie fühlen sich wohl mit den beiden Alten, nehmen sie in ihre Mitte und gehen in langsamen Schritten über die Galatabrücke, die geradewegs am Galataturm nach Karaköy führt. Vorbei an den Anglern auf der Brücke und den vielen Verkäufern, die frischen Fisch und Muscheln zum direkten Verzehr anbieten.

In einem Haus mit Kastanienbäumen vor der Tür ziehen die Alten sich mühsam an dem Geländer bis zu ihrer Wohnung in der ersten Etage hoch. Im Hausflur mit den kühlen Marmortreppen ist es angenehm, und in den großzügigen Räumen, umgeben von vielen Balkonen, weht ein frischer Wind. Dunkle Möbel auf dicken

Teppichen, wunderschöne Dekorationen als Vorhänge und Kissen in erlesener Qualität und herrlichen Farben. Orientalische Muster in Gold und Rot. Es ist gemütlich aufgeräumt, keine Strenge oder überladener Kitsch. Die deutsche Frau ist begeistert von dem guten Geschmack der Einrichtung und ihr türkischer Mann von den vielen unterschiedlichen Pflanzen, die die Balkone schmücken. Hier wachsen Kräuter, Lavendel und Zitronen gleichberechtigt neben Jasmin und Lilien.

Salim telefoniert und bestellt das Essen.

„Sitzen wir so lange auf dem Balkon, die Aussicht ist fantastisch." Sakin deckt den Esstisch mit einer blütenweißen Tischdecke aus leichtem Organzastoff. Die beiden Frauen unterhalten sich, und Sakin ist hoch erfreut über die gute türkische Aussprache der deutschen Frau. Sie kennen sich erst seit einigen Stunden und fühlen sich so vertraut, dass sie viele Fragen zu dem Leben der beiden Alten, das ihnen so außergewöhnlich vorkommt, stellen. Eine Lebensgeschichte, die einem Märchen gleicht. Salim und Sakin sprechen miteinander, hören einander zu, nicken bestätigend, berühren sich am Arm und fassen sich immer wieder an den Händen. Sie lächeln bei den Erinnerungen. Es ist, als wäre die Welt nur für sie allein erschaffen.

Die Gerichte von Kaşıbeyaz kommen fein zusammengestellt auf den Tisch. Mit großem Appetit loben alle die gute türkische Küche und den ausgezeichneten Wein.

Es ist schon Mitternacht, als Salim sein Glas erhebt. „Es ist unser Wunsch, nein, unsere Bitte, dass ihr heute Nacht bei uns bleibt. Es ist schon lange her, dass wir so einen unterhaltsamen Abend hatten. Keyf hat uns mit euch sehr viel Vergnügen bereitet. Zwei junge Menschen, die unsere Kinder hätten sein können, haben uns ihre Zeit und ihre Aufmerksamkeit geschenkt. Im Haus ist Platz genug, und es wäre uns eine Ehre, wenn wir den Tag mit euch gemeinsam beenden dürften."

Die gleichen Worte sind auf den Lippen Sakins zu lesen, so als ob sie jedes einzelne gekannt hätte.

Sakin zeigt ihnen das Gästezimmer. Alles ist hier für eine Übernachtung vorbereitet. Die Betten sind aufgeschlagen, die notwendigen Dinge zur Körperpflege und Kosmetik, Zahnbürsten, ein Kamm und Rasierer befinden sich im Bad, so als hätte man sie erwartet.

Der Mann scherzt verlegen. „Habt ihr auf uns gewartet?"

„Ja, in der Tat hatten wir uns die Gäste in unserem Haus für dieses Zimmer genauso vorgestellt. Aber jetzt eine gute Nacht, ich bringe euch noch Wasser und eine kleine Süßigkeit."

Sie schaut sie lange mit Tränen in den Augen an.

Trotz der großen Müdigkeit kommt das Paar nicht so schnell zur Ruhe, sie liegen in den großen dunklen Betten in weißen Bettlaken, die Straßenlaternen lassen an den Wänden schemenhaft Bilder mit den Motiven Istanbuls erkennen. Auf dem Tisch stehen zwei Gläser und eine Karaffe mit Wasser. Daneben Bonbons und zwei Rosen in einer Vase. Die Zimmerdecken sind aus Stuck, verziert mit einem Kronleuchter in der Mitte. Ihre Kleider haben sie auf einen der schweren Sessel abgelegt, von draußen hören sie die Stimmen der Vorübergehenden und den typischen Straßenlärm einer Großstadt.

Es ist alles ergreifend bis verwunderlich schön. Die

beiden Alten sind ihnen schnell ans Herz gewachsen, genauso wie die Großzügigkeit eines nicht geplanten Abends.

Hand in Hand schlafen sie ein.

Am Morgen öffnet der Mann vorsichtig die Tür, es ist noch still und dunkel. Die Fenster mit den schweren Vorhängen lassen weder Licht noch Luft herein.

Alles wirkt so unheimlich, seine Frau zieht die Vorhänge zurück, öffnet die Balkontür. Erleichtert atmen sie die frische Meeresluft. „Sollen wir sie wecken?" Auf Zehenspitzen gehen sie zum Schlafzimmer und klopfen leicht an die Türe. Nichts, bis auf einen unangenehmen Geruch, den sie nicht definieren können. Vorsichtig öffnen sie die Tür.

Salim und Sakin liegen auf dem Bett. Vollständig bekleidet halten sie sich an den Händen. Auf dem Nachttisch liegen leere Medikamentenschachteln und geleerte Wassergläser. Der Mann nimmt den Brief, der offen auf dem Bett liegt.

Danke ihr Lieben, ihr habt uns das Sterben leicht gemacht. Einer von uns allein auf dieser Welt wäre niemals gegangen. Gemeinsam wollten wir sie verlassen, wir gehören nun mal zusammen. Die Vorbereitungen dazu haben wir geschafft, bis auf die Tatsache, dass uns der Mut, diesen Schritt zu gehen, oft verließ. Der letzte Abend sollte der Schönste sein und ist mit euch möglich geworden. Es war wunderbar, die Nähe lieber Menschen zu spüren.

Çok şükür Selamlar Salim ve Sakin

Das Paar schaut auf die Alten und ein erfülltes Leben. Ihre Tränen lassen sich nicht aufhalten, noch gestern hatten sie miteinander gelacht und gesungen, Lebensfreude und keine Spur von Lebensende empfunden.

„Nehmen wir sie uns als Vorbild?" Der Mann nimmt seine Frau in den Arm.

„Aber nur bis zum Tod."

Parkinson, Demenz und Co

NEIN – sie gehören nicht zu der Generation, die im Alter nur über Krankheiten spricht. Darüber sind sie sich einig, die Freunde und Kollegen, wenn sie in gemütlicher Runde zusammensitzen. Noch sind sie in der Lage, einigermaßen gesund und selbstbestimmt durch den Alltag zu gehen, doch die Ersten sind im Herbst des Lebens angekommen.

„NICHT zu glauben, was für eine Nacht ich hinter mir habe!" Anna telefoniert mit der Freundin. „Diese Unruhe in den Beinen bringt mich noch um. Zwei Stunden lang bin ich durch die Wohnung gelaufen. Eine halbe Stunde auf dem Heimtrainer Fahrrad gefahren, und erst danach haben sich die Beine beruhigt. Diagnose: Restless Legs Syndrom."

„Bei mir waren es die Zähne, die mir keine Ruhe gönnen, eine Entzündung im Unterkiefer, unheimlich schmerzhaft."

NEU sind den Freundinnen diese Gespräche nicht, die anderen Wehwehchen besprechen sie ausführlich, so lange, bis die Uhr anzeigt, dass sie ihre häuslichen Pflichten nicht vernachlässigen dürfen.

NUN aber ran an die Arbeit; zum Glück sind sie trotz aller Schmerzen noch in der Lage, für das leibliche Wohl zu sorgen und die notwendigen Dinge des Haushalts zu erledigen. „Was kochst du denn Schönes heute?"

NEIN, sie klagen nicht!

„NOCH MAL lasse ich mich nicht darauf ein, auf diese Prozedur mit der Kernspin… Das unbewegliche Liegen auf der schmalen Pritsche in dieser engen Röhre ist fast genauso schlimm wie der ständige Schmerz in der Wirbelsäule. Das Ergebnis kenne ich sowieso, die Diagnose: Bandscheibenvorfall, die Behandlung Schmerzmittel und Physiotherapie."

NORBERT behandelt den dritten Patienten; er kennt die Nöte der Älteren, hört sich geduldig die Leidensgeschichten an und spricht beruhigend von der Linderung nach seiner Therapie und der konsequenten Einhaltung der von ihm empfohlenen Übungen.

NÄCHSTE Woche wollen sich alle noch mal treffen. Die Frage ist: Gehen wir ins Restaurant, verbunden mit wenig Arbeit, oder gemütlich bei einem der Freunde daheim.

NOCH machen einigen die Vorbereitungen eines geselligen Treffens nichts aus. Vorher noch der Blick in den Kalender: Wann haben sie frei? Die Termine für Arztbesuche, Therapien und sportliche Betätigungen müssen eingehalten werden. Erst am Samstag in zwei Wochen passt es allen.
  Dann wäre noch die Fahrt zu organisieren. Mit dem Auto in der Rushhour zu fahren, muss nicht sein, auch ist es riskant im Dunkeln, die Augen … Vielleicht fahren uns die Enkel.

NOTFALLS nehmen wir ein Taxi.

NACHMITTAG ist eine gute Zeit, dann wird es nicht zu spät und es ist noch hell. Zustimmend nicken sie und die Frauen überlegen, was sie zum Buffet beisteuern können.

NORA schreibt sich alles auf; sie ist so vergesslich geworden, und auch das Schreiben funktioniert nicht mehr so richtig. Der Blick ihrer Augen ist trübe, überhaupt hat sie sich derart verändert, dass es allen leidtut. Zum Glück hat sie einen gesunden Mann an der Seite. Was würde sie ohne die Hilfe von Klaus machen? Klaus redet nicht viel, so schmerzlich ist es für ihn zu erleben, wie seine schöne, lebenslustige und liebevolle Frau Tag für Tag in eine Welt hinübergeht, in der er nicht vorkommt.

Manche Situationen sind ihm peinlich, manchmal lächelt er darüber. Nora, seine schöne Frau, wird zu einem infantilen Menschen.

NEULICH ist sie aus dem Haus verschwunden. Auf der Suche nach ihr läuft er durch die Straßen der Nachbarschaft. Er spürt sein Herz und Tränen, die er nicht zurückhalten kann. Im Haus gegenüber findet er Nora schließlich gut gelaunt auf der Terrasse sitzen. Sie strahlt, als sie ihn sieht, und begrüßt ihn herzlich.

„NA, da bist du ja. Ein Gläschen Wein können wir noch trinken, bevor wir nach Hause gehen." Er umarmt seine Frau. Jeder hat sein Päckchen zu tragen, bis auf Nora, die ihres abgegeben hat an Klaus. Vielleicht in dem Bewusstsein, dass es da gut aufgehoben ist.

NERVIG, diese angebliche Hilfe. Paul hebt den Kopf aus der gebückten Haltung, legt eine Hand auf den Rücken und schaut sein Gegenüber aus großen Augen an. „Sei doch froh, dass es diesen Rollator gibt. Das ist eine tolle Erfindung. Du kannst dich festhalten und darauf stützen, es gibt einen Einkaufskorb und einen Sitz, wenn du dich ausruhen möchtest."

NÖTIG habe ich einen geraden Rücken und ruhige Hände. Dann gehts mir gut.

NEUN Freunde haben sich eingefunden an diesem farbenfrohen Herbsttag. Es ist noch so warm, dass der Kaffee im Garten getrunken werden kann. Das Laub der Bäume liegt zum Teil auf der Erde oder hängt bunt gefärbt in den Ästen. Löwenmäulchen und Hortensien als die letzten Blüten des Sommers und der Rasen, der nicht mehr gemäht werden muss.

Ein Stück Kuchen Stück reicht jedem. „Ich kann nicht mehr so viel essen, vielleicht nehme ich das zweite mit nach Hause."

Sie sind unter sich, kennen ihre Schwächen, sind vertraut miteinander und fühlen sich wohl. Sie reden von alten Zeiten, schwelgen in Erinnerungen. Die ersten Strickjacken werden angezogen, und der Wunsch, ins Haus zu gehen, kommt recht früh.

„Lasst uns aber vorher noch ein bisschen die Füße vertreten."

Mit kleinen Schritten und schwingenden Armen bewegen sie sich durch den Garten.

NOCH vor dem Abendessen eilen die Frauen in die

Küche und bringen die Medikamente und Gläser mit Wasser.

NICHTS kann sie daran hindern, so wie früher das Zusammensein zu genießen. Sie sitzen in alter Gewohnheit; die Gespräche handeln dann nicht mehr von Krankheiten, sie erzählen von den Erlebnissen mit den Kindern und Enkeln, es ist wie in früheren Tagen. Das Weltgeschehen wird unter die Lupe genommen und Urlaubspläne geschmiedet. Die einen zieht es in den Süden ans Meer, Irma und Walter trauen es sich zu, noch mal ins Gebirge zu klettern, und träumen von den Konzertabenden in Südtirol. Dresden ist unbedingt eine Reise wert, sie sind sich sicher, dass es dieses Mal noch mit dem Auto möglich ist.

Sie feuern sich an, werden stark und mutig. „So jung kommen wir nie wieder zusammen", lachen sie. Angeregt durch Irmas hellen Sopran stimmen sie bestätigend ein. „Schön ist die Jugend…"

Die Lieder haben sie nicht vergessen, mit großer Freude singen sie weiter, von Lili Marleen „Ich bin von Kopf bis Fuß …" bis hin zum „Wochenend und Sonnenschein". Für eine kurze Zeit sind sie wieder jung. Kein Zipperlein ist an diesem Tag zu spüren. Max, ansonsten von Gicht und Rheuma geplagt, versucht sogar einige Tanzschritte.

„Ich gehöre zu den Herbstzeitlosen und bin gedopt mit Colchizin, dem Heilmittel dieser Pflanze gegen Gicht und Rheuma."

Sie lachen und warnen ihn: „Vorsicht bei der Verwendung, in früheren Zeiten wurde dieses Supermittel auch für Giftmorde genommen."

„Gar nicht so schlecht, diese Herbstzeitlose, ein schneller Tod ist vielleicht besser als der, der mithilfe der Medizin verlangsamt wird."

NUN hört aber auf! Themenwechsel! Schauen wir doch, wie gut es uns geht. Wie schön wir sind! Wir haben zu essen und zu trinken, wir haben Freude und Freunde. Wir sind nicht allein und können singen, tanzen und lieben. Hebt die Gläser auf das Leben!

NIEMALS RESTLESS LEGS. Ich habe keine Lust mehr. Ich will nicht mehr! Nacht für Nacht herumlaufen und diese Unruhe in den Beinen spüren. Wer raubt mir auf so unverschämte Weise den Schlaf? Wer lässt es zu, dass ich nicht mehr die Abende Seite an Seite mit dir verbringen kann.
Der Tag interessiert mich nicht mehr.
Die Nacht gehört allen! Ich weiß, denn mir gehört sie besonders. Sie will, dass ich nichts verpasse, dass ich ihr Angebot wahrnehme.
Die Nacht gehört allen! Gehört der Schlaf nicht dazu? Der Schlaf mit all seinen Träumen? Warum zeigt sich mir die Nacht von der hässlichen Seite? Die schöne Seite kenne ich. Fahrten durch die Nacht, weite Strecken an der Seite mit dir, fast allein unterwegs, ohne Landschaften, nur Lichter, Musik und dem Ziel sehr nahe. Der Himmel in der Nacht, tausende Sterne als leuchtende Punkte, die Flugzeuge.
Lange Nächte, gemeinsam mit Freunden, reden und lachen, tanzen und Freude.
Dann kommt die andere Nacht, hämisch lachend mit ihren Forderungen; warum soll ich ruhig bleiben, kleine

Zuckungen schaden nicht. Du hältst meine Hand. Wie sollte Hände halten die Beine beruhigen? Deine Hand tut mir gut. Vielleicht hört es gleich auf. Zu gerne möchte ich neben dir liegen bleiben. Die Beine lassen dies nicht zu. Wozu Ruhe? Ja ja, ich gebe nach, bewege mich, stehe auf, trete von einem Fuß auf den anderen. Noch nicht genug? Ich gebe Gas, trete in die Pedale des Fahrrads, versuche mich abzulenken. Wie viele Stunden hat die Nacht, es ist schon drei, gleich vier Uhr. Ich bin doch kompromissbereit, habe die Unruhe zugelassen, akzeptiert. Wie lange noch? Nicht lang genug?

In der nächsten Nacht setzt du dich zu mir, das ist nicht gut. Ich will keine Last sein, diese Nacht gehört mir, am Tag ist sie vergessen, dann sitzen wir wieder zusammen, so wie gewohnt.

Weiter, weiter in der nächsten Nacht. Bin ich der kleine Häwelmann? Nein, nicht weiter, alter Mond, siehst du nicht, dass ich leide, dass ich nicht mehr kann?

Ich weiß, die Nacht gehört allen. Allen, die vom Tage müde sind und schlafen möchten. Ist mir eine halbe Stunde gegönnt?

Es waren gerade mal zehn Minuten. „Steh auf, beweg dich, die Nacht ist nicht allein zum Schlafen da."

Womit kann ich euch beruhigen, ihr unersättlichen Beine? Ich bin sanft zu euch, massiere euch, nehme eine Tablette. Wasche euch mit kaltem und heißem Wasser. Nichts ist euch recht. Es wird draußen schon hell, bald ist es geschafft. Ihr seid immer noch nicht satt? Ich weine.

Die nächste Nacht wartet schon auf mich, sie lässt mich nicht in Ruhe. Zum hundertsten Mal lese ich alles, was es über unruhige Beine zu lesen gibt. Die Berichte der Leidensgenossen und die der Mediziner, nichts wird

mich trösten. Ich tobe und schreie, bin wütend, will
kämpfen. Wer hört mich?

Langsam lässt der Motor nach, arbeitet nur auf kleiner
Flamme. Es ist wieder einmal fast vier Uhr, bald werde
ich schlafen. Ich weine, finde keinen Trost mehr. Ich
weiß, auch die nächste Nacht wird mich nicht in Ruhe
lassen. Ich habe keine Lust mehr, ich will nicht mehr!

Kakao

Die Zeit der kalten Limonade war vorbei. „Ab jetzt gibt es wieder Kakao." Mein Vater rieb sich die Hände, schüttelte ein wenig die aufkommende Kälte von sich und schaute mich mit dem unschuldigen Gesicht eines Kindes an, bevor er diese Ansage machte, von der wusste, dass sie höchsten Jubel bei mir auslöste.

Dass ich ihm vor Freude um den Hals falle, hatte er erwartet, und dass ich den Herbst genauso liebte wie er, erfüllte ihn mit Stolz.

Endlich war es so weit; ich hatte ihn noch in der Nase, den Duft von Kakao und süßem Gebäck, genauso wie die Bilder der roten und schweren Polstermöbel auf dem mit Teppich belegten Boden und den Kronleuchtern an der Decke des Cafés.

Café Freudenberg, der Ort, den ich an der Hand des Vaters an vielen Tagen im Herbst besuchen würde. So schön der Sommer auch war mit der wärmenden Sonne und den Spielen in der Natur, so konnte er nicht mithalten mit der wunderschönen Zeit im Herbst. Die Verbundenheit mit dem Vater hatte ich zu keiner anderen Jahreszeit intensiver gespürt, was wohl auch der Grund für diese Begeisterung war.

Den Sommer über sah ich den Vater kaum, seine körperliche Versehrtheit in Folge einer Krankheit im Kindesalter brauchte Erholung, die er in Sanatorien in den Bergen oder in ruhigen Orten an der frischen Meeresluft suchte.

In den kalten Wintermonaten übernahm die Mutter seine Pflege, dann blieb er zu Hause, ließ sich die Beine und den Rücken massieren und verließ oft tagelang nicht das Schlafzimmer.

Der Herbst war seine Jahreszeit, da ging es ihm gut, die Temperaturen waren angenehm und die aufkommende Melancholie entsprach weitaus mehr seinem Temperament. Das Frühjahr war die Zeit, von der er nicht viel hielt. Frühjahr, das ist wie die Vorgruppe zu einer großen Veranstaltung, schon ganz gut, doch nicht der Höhepunkt, so seine Meinung.

Richtig verstehen konnte ich das nicht, doch der Klang seiner Stimme und die Aussicht auf die Erlebnisse im Herbst genügten mir.

Die Bemerkungen der Mutter zu diesem außergewöhnlichen Ehemann, den sie als Gentleman und großes Glück empfand, gefielen mir ebenso gut wie der Satz, den sie mit einem herrlichen Augenaufschlag und vollen roten Lippen gerne zum Besten gab: „Das Wichtigste ist die Freiheit, die wir uns geben." Nie hatte ich ein hartes Wort zwischen den Eltern gehört, der Umgangston war stets höflich, wenn manchmal auch ein wenig langweilig.

Am nächsten Wochenende steckte Mutter mich nun in das rote Kleid mit dem weißen Kragen, band meine widerspenstigen braunen Locken mit einem rosafarbenen Band zu einem Zopf und bestand darauf, dass ich die Lackschuhe trug, die ich nicht mochte, die aber bei den Besuchen im eleganten Café Freudenberg elegant aussehen würden.

Die gute Laune der Eltern an diesem Tag öffnete mein Herz mit einem Gefühl, das ich sehr selten erlebte. Mit einem Lied auf den Lippen tänzelte Mutter durch die Wohnung, so groß war die Freude, dass sie an diesem Tag ihre Freundin Sibylle allein für sich haben würde.

Der sonst so introvertierte Vater war fröhlich und ein wenig nervös bei der Auswahl seines Anzugs. Schließlich entschied er sich für ein sportliches Jackett über einem safrangelben Hemd.

„Diese Farbe ist bei Frauen sehr beliebt", flüsterte er mir ins Ohr.

Ein Blick auf die Uhr, der Weg ins Café würde in einer halben Stunde zu schaffen sein. Auch in diesem Jahr musste ich mich leider noch mit den Plätzen im hinteren Teil des Wagens zufriedengeben. Obwohl fast schon zwölf, war ich noch zu klein für den Beifahrersitz.

Das Kompliment des Vaters: „Du siehst so hübsch aus mit dem roten Kleid in den schwarzen Ledersitzen", ließ mein Gesicht noch mehr glühen.

Café Freudenberg, ein hochherrschaftliches Haus in einer Seitenstraße mitten im Zentrum der Stadt, hätte man eher in der Peripherie vermutet – mit den Kastanienbäumen in der Einfahrt und dem großzügigen Garten hinter dem Gebäude. Das Haus, umgeben von Pflanzen in großen Kübeln, glich mehr einer ländlichen Idylle als einem Café in der Großstadt.

Im unteren Teil der großen Eingangstür das Logo des Cafés eingearbeitet. Ein Hügel, hinter dem zwei fröhlich dreinschauende Personen zum Platz nehmen aufforderten, umrahmt von vielen Plaketten und Auszeichnungen für die beste Qualität des Hauses.

Dann war ich gleich berauscht vom typischen Duft des Kakaos, der Schokolade, von Marzipan und all den so geliebten Köstlichkeiten, die an schön gedeckten Plätzen in vielen Ecken und Nischen verzehrt werden konnten.

Tische in allen Größen, mit altrosa farbigen Tischdecken belegt, gepolsterte Stühle und Sessel und hübsche Nierentische in diskreten Ecken für das Abstellen eines Glases Weins oder Cognacs.

Für uns war wie immer der letzte Tisch in einem der Erker mit Blick in den Garten reserviert und ich wusste, dass ich nach dem Genuss von Kakao und Kuchen hinauslaufen würde bis hin zu der Schaukel, die mit zwei langen Seilen an einem Eichenbaum befestigt war. Ich würde so lange schaukeln, bis ich all den Kuchen und den Kakao verwünschte, weil mir so übel war.

An unserem Tisch saß schon Regina, und jedes Mal überkam mich dieses Glücksgefühl, wenn ich sie sah. Für die Zeit im Café war sie meine Freundin. Die Begrüßung mit einem Kuss auf meine beiden Wangen nach dieser langen Zeit der Trennung war ungemein herzlich und fühlte sich sehr gut an.

Der Kellner in dunkler Hose und weißem Hemd mit dem Logo des Freudenbergs auf der Brusttasche nahm die Bestellung entgegen.

Über die Frage „Was wünscht denn die junge Dame heute?" musste ich jedes Mal grinsen.

„Einmal gedeckten Apfel ohne und eine große Tasse Kakao mit Sahnehäubchen. Für Regina bitte das Gleiche und für Vater einen Kaffee schwarz."

Nach der üblichen Verbeugung verschwand er, und Vater spielte mit seinem Kugelschreiber. Unruhig geworden schaute er sich um und klopfte mit dem Stift ein paar Mal auf den Tisch. Mir war klar, dass er sich nach der Tasse Kaffee, die er hastig mit uns trinken würde, entschuldigte, um sich für ein Stündchen in die obere Etage zurückzuziehen. Das lange Sitzen strengte ihn an und da er im Hause bekannt war, ging er hinauf, wo er sich ausruhen und Frau von Freudenberg Gesellschaft leisten konnte. Während dieser Zeit hatte ich Regina für mich allein. Am Tisch schauten wir uns in die Augen und vergaßen all unsere guten Manieren. Schlurften mit einem köstlichen Genuss erst die Sahne und dann den köstlichen Kakao, immer auf der Hut, von keinem Nachbartisch beobachtet oder getadelt zu werden. Gegenseitig schoben wir uns den Kuchen in den Mund und lachten über den Schnurrbart, der sich über unseren Lippen gebildet hatte.

Mit erhobenen Fingern und würdevollem Blick rief ich den Kellner erneut und bestellte jeweils fünf der besten Pralinen, die das Haus zu bieten hatte. Ein kleines Gläschen Likör für Regina und ein großes Glas Limonade für mich. Zum Nachspülen, bevor wir eine dicke Eiskugel Bourbon Vanille verzehren wollten.

Und Regina, die mich jedes Mal mit der Bemerkung „Mein armes glückliches Kind" zu herzhaftem Lachen brachte. Regina erzählte von ihrer Familie, von vielen Geschwistern, von Onkel und Tanten und von ihrer Arbeit als Mädchen für alles im Hause Freudenberg. Dass sie froh darüber war, jede Seite des Lebens zu kennen und mitbekommen zu haben.

Sie lief mit mir wie ein Kind mit ausgebreiteten Armen durch den Garten und sang übermütig, wenn sie mich auf der Schaukel anschob: „Die Engelchen werden geschaukelt, bis in den Himmel hinein."

Trotz aller üblichen Erlebnisse an diesem wunderbaren Tag spürte ich am Abend zu Hause, dass sich etwas verändert hatte. Ich war nicht mehr das unbefangene kleine Kind; es lag etwas in der Luft, was mich erschreckte, von dem ich spürte, dass es mit dem

Geheimnis des Erwachsenwerdens zu tun hatte. Dinge, die ich nicht verstanden hatte, machten mich neugierig, wurden wichtig. Da waren Geheimnisse, denen ich auf die Spur kommen wollte. Meine Lebensweise unterschied sich deutlich von der meiner Klassenkameraden. Freunde hatte ich nicht, alle waren zwar freundlich zu mir, vermieden aber engere Kontakte. Ich wusste nicht, womit mein Vater das Geld verdiente, nie hatte ich nachgefragt. Es war einfach so und es gab für mich keinen Grund zur Beschwerde.

Bei der Begegnung mit Regina hatte ich bemerkt, dass es viel mehr im Leben gab und es nicht allein die Wärme des Kakaos war, die einem gefallen könnte. Die Anteilnahme an meiner Person und die Geschichten aus ihrem Leben, die so gegensätzlich zu meinem waren, gefielen mir sehr. Das Angebot, dass sie für mich da sein würde, wann immer ich es wollte, nahm ich liebend gerne an.

Sie war an meiner Seite, als ich den Schritt in ein eigenständiges Leben wagte und verständnisvoll mit liebenden Augen sehen konnte, dass meine Mutter nur mit Sybille an der Seite glücklich sein konnte und sich die Melancholie meines Vaters mithilfe von Colette Freudenberg bei der Umwandlung des Cafés in ein anderes Etablissement veränderte, erfüllte mich mit großer Liebe.

Meine Eltern hatten mir etwas Wunderbares hinterlassen: den Duft und die Wärme einer großen Tasse Kakao mit Sahne oben auf.

Winter

Maribor

Dass sich für mich in der Stadt Maribor ein Traum erfüllt, ist einfach traumhaft. Ich sitze auf der Rückbank unseres Autos, warm eingepackt in eine Wolldecke. Es ist später Abend, fast schon Mitternacht. Die Scheiben der Fenster sind beschlagen von unserem Atem.

Zu viert sind wir auf der Rückfahrt von meiner Stadt in der Türkei nach Deutschland. In die Stadt, in der Erkan, mein Mann, seit einem halben Jahr lebt und arbeitet. In der Fremde wollte er erst ein Zuhause für uns schaffen, bevor er mich dorthin holt. Gerade mal einen Monat waren wir verheiratet, als er diesen Entschluss gefasst hatte und abgereist war.

Mein Bruder Aslan studiert in der gleichen Stadt, und in diesem Urlaub wollte er Anna, seiner Freundin, seine Heimat zeigen. Zusammen mit Erkan haben sie die weite Reise unternommen und drei Wochen mit uns in Adana verbracht. Es war eine schöne Zeit, Anna hat ein wenig unsere Sprache gelernt und ich war für Erkan eine gute Ehefrau.

Die Fahrt nach Deutschland ist ein großes Abenteuer für mich. Nie zuvor bin ich aus meiner Heimatstadt weggekommen. Ich spreche keine andere Sprache als meine, ich kenne keine anderen Menschen als die aus meiner Familie und meiner Freundinnen … Anna aus Deutschland ist mir sehr sympathisch, sie ist so ganz anders als meine Freundinnen, und doch habe ich mich mit ihr verstanden. Sie ist modern, und dass sie mit Aslan gemeinsam in einem Raum übernachtete, hat unsere Familie nur akzeptiert, weil sie aus dem Ausland kommt. Andere Länder, andere Sitten.

Dass sie und Aslan während der gesamten Zeit glücklich miteinander waren, ist allen aufgefallen und mir ganz besonders. Während meiner kurzen Zeit als Erkans Ehefrau hat sich dieses Glücksgefühl noch nicht eingestellt. Es ist immer noch alles so neu für mich, obwohl Erkan mein Traummann ist. Geträumt hatte ich immer von einem großen, blonden Mann mit grünen Augen. Eine Seltenheit bei uns, wo fast alle dunkle Augen und dunkle Haare haben.

Mit den Worten: „Meine Rüya, meine Traumfrau", hatte er mich nach der langen Trennung vor drei Wochen begrüßt, es waren die schönsten Worte, die er jemals zu mir gesagt hat.

Meine Traumfrau – Rüya heißt Traum, die Bedeutung meines Namens. Als ich geboren wurde, hatte sich der Traum meiner Mutter erfüllt: nach fünf Söhnen endlich das erträumte Mädchen.

Mein Leben war nicht immer traumhaft, aber Träume hatte ich viele. Einer davon war der Traum von Schneeflocken. In meiner Heimat schien ständig die Sonne, war es heiß und staubig. Ein Regenschauer war schon ein Ereignis. Im Fernseher hatte ich Bilder von schneebedeckten Landschaften gesehen und Filme, die mein Herz berührten. Liebesgeschichten mit heißen Küssen eines Paares unter herabfallenden Schneeflocken.

Nun sitze ich hier im Auto und versuche, eine freie Stelle in die beschlagenen Scheiben zu wischen, um die herabfallenden Schneeflocken genau zu betrachten. Sanft und leise fallen sie auf die schon schneebedeckte Straße. Behutsam legen sie sich auf schneebehangene Bäume und tanzen ein wenig im Schein des Laternenlichts. Ich möchte aussteigen und sie anfassen, doch Erkan schläft neben mir und ich wage es nicht, ihn wegen einiger Schneeflocken zu wecken.

Aslan und Anna schlafen auf den vorderen Sitzen, auch sie will ich nicht stören und schaue sie im Spiegel an.

Dabei begegne ich den Augen Annas. Sie lächelt mir zu, hebt die Augenbrauen zu einer Frage. „Was ist?"

Ich zeige ihr mit meinen Fingern, wie der Schnee vom Himmel fällt.

Sie versteht, öffnet die Autotür einen kleinen Spalt und will mit mir auf die Straße gehen. So leise wie möglich befreie ich mich aus der Decke und begebe mich auf die Straße. Ein Parkplatz in Maribor, auf dem wir nach zwei Tagen Autofahrt angehalten haben und ein wenig schlafen wollten.

Es ist Ende Dezember und sehr kalt. Die Landschaft liegt eingebettet in Schnee, doch es ist das erste Mal, dass ich sehe, wie es schneit. Ich versuche, die Flocken mit beiden Händen festzuhalten, sie werden zu Wasser und machen mich nass. Mir ist kalt, ich trage nur eine Strickjacke, auf der die Flocken liegen bleiben, was mich froh macht. Anna schaut mich an und lacht. Wie dumm muss ich aussehen bei dieser ersten Begegnung mit Schnee.

Anna hat den Schnee gefangen, formt daraus einen Ball und wirft ihn auf mich. Kalt und nass trifft er meine Haare. Eine Aufforderung für mich, das Gleiche zu tun.

Es macht großen Spaß, wir spielen wie Kinder.

Meine Hände und mein Gesicht glühen vor Eifer und Freude. Andere junge Leute kommen hinzu, sie beteiligen sich an unserem Spiel und sind dabei sehr lustig. Vielleicht liegt es am Alkohol, einige haben Bier oder Weinflaschen dabei. Ich kenne mich da nicht aus und amüsiere mich.

Anna ist jetzt auf meiner Seite meine Partnerin. Dass sie immer wieder einen Blick auf die Uhr wirft, registriere ich zunächst nicht, so gefangen bin ich in das Spiel und das Gewirr aus Schneeflocken. Es ist einfach herrlich.

Mein Bruder ist aufgewacht, er wischt sich mit Schnee die letzte Müdigkeit aus den Augen. „Bald ist es so weit", ruft er mir zu. „Bald beginnt deine Zukunft im neuen Jahr in einem neuen Land."

Yılbaşı – Neujahr! Deshalb die Blicke auf die Uhr. Die Schneeballschlacht geht weiter, ein junger Mann steht an meiner Seite, er lacht mich an, berührt meine Schulter. Sein Lächeln gefällt mir, als er eine Schneeflocke von meiner Nase streift.

Der nächste Ball trifft meinen Rücken. Es schmerzt. Hart und fest der nächste an meinem Kopf. Ich höre den Bruder rufen: „Dur – Stopp!"

Ein weiterer Ball trifft meinen Bauch, mir wird schwarz vor Augen, mir wird übel. Ich muss mich übergeben und kann mich nicht mehr halten. Der Junge an meiner Seite hält erschrocken inne. Anna ist neben mir, hält mich fest, und mein Blick fällt auf Erkan. Mein Mann hat es gewagt, mich zu verletzen. Verschwommen sehe ich seine Umrisse mit erhobener Hand im Schneegestöber.

Wach werde ich in den warmen weißen Kissen eines Bettes. Anna hält meine Hand.

„Wo bin ich? Wo ist Erkan? Bin ich in Deutschland? Mir ist übel." Die Fragen in meinen Augen. Es fällt mir schwer, die Lippen zu bewegen. Mein Bruder klärt mich auf, wir sind in Maribor, dieser kleinen Grenzstadt an der Grenze zu Österreich, in einem Krankenhaus. Harte Schneebälle aus der Hand meines Mannes haben mich verletzt.

Wo ist er? Es ist Neujahr!

Er hockt vor der Tür. Ich soll bestimmen, ob ich ihn sehen will. Meine Schmerzen sind stark, als eine Ärztin das Zimmer betritt. Sie möchte, dass mein Mann dabei ist, wenn sie mit uns spricht. Mein Bruder versteht und übersetzt ihre englische Sprache. Verlegen mit zusammengefalteten Händen betritt Erkan beschämt das Zimmer. Er schaut auf den Boden, doch ich erkenne in seinem Gesicht nicht nur Schuld, ich sehe genau seinen Zorn. Meine Verletzungen durch die Schneebälle sind nicht der Rede wert, meint die Ärztin. Die Übelkeit hat andere Ursachen. Sie wendet sich zu mir, bildet mit ihren Händen einen großen Ball über ihren Bauch. „Sie sind schwanger, Sie bekommen ein Baby." Ich verstehe.

Totenstille, wer wird das Schweigen brechen? „Alles wird gut", die Worte der Ärztin. Es ist Neujahr.

Krambambuli

Endlich die Schulzeit beendet, den 19. Geburtstag gefeiert. Jetzt stand sie bevor, die erste weitere Reise ohne die Familie, allein mit der Freundin. Ans Meer oder in die Berge ist nicht die Frage.

Rita kannte sich aus in Südtirol, und das genügte zur Beruhigung von Evas Mutter. Getrost ließ sie die Tochter mit der Freundin reisen.

Nichts war schöner für die beiden als die Bergwelt Südtirols, deren Spitzen bis hin zum Blau des Himmels zeigten, an deren Hängen lange Reihen von leuchtend roten Früchten an Apfelbäumen darauf warteten, gepflückt zu werden. Wanderwege hoch bis zum ersten Schnee, die Seilbahn, die zur Almweide führt, dort oben Kühe und Schafe auf saftigen Weiden. In den Schenken frischen Apfelsaft und süßen Kaiserschmarrn zu genießen. Im Dorf schmucke Häuser, deren Blumenkästen prall gefüllt mit Geranien die schönsten Farbkleckser waren und am Abend in der Kneipe …

Toni.

Toni hatte den Urlaub perfekt gemacht. Der natürliche Charme eines Bauernjungen, sein offener Blick und die ehrlichen Worte hatten Evas Herz von Anfang an berührt. Sie war hin- und hergerissen von dieser ersten Liebe und hätte sich den Zeitpunkt, die Kulisse, das ganze Drumherum nicht besser vorstellen können. Romantik pur. Umarmungen im Stroh, heiße Küsse unter dem Sternenhimmel, Hand in Hand mit Toni, Liebe Tag für Tag. Eine Freundin mit Verständnis und keine Eltern mit unbequemen Fragen. Ein tränenreicher letzter Ferientag, der nur mit dem Versprechen eines Wiedersehens im

Winter ein wenig Trost finden konnte. Das neue Jahr musste gemeinsam begrüßt werden, Tonis Stimme mit dem geliebten Akzent hörte nicht auf, davon zu schwärmen, wie schön sein Dorf im Schnee glänzen, wie herrlich die Schlittenfahrten und der Krambambuli am Abend vor dem Feuer in der Stube schmecken würde. Das alles wolle er mit Eva an der Seite erleben.

In fünf Monaten ist Winter, solange gilt es, zu warten. Eva ist glücklich, dass ihre Sehnsucht nach Toni bleibt und ihre Träume nicht verblassen.

Weihnachten gehört noch der Familie, und dann sitzt sie allein im Zug nach Bruneck. Im dortigen Reisebüro würde sie nach einer Unterkunft suchen und Toni überraschen. So hatte sie es sich ausgemalt und sah genau die Freude in Tonis Gesicht, wenn er sie plötzlich sehen würde.

Die Zugfahrt zieht sich dahin, das eintönige Rollen der Räder bis in den Abend hinein. Ruhig und schneebedeckt, weihnachtlich geschmückt, die Häuser, die mit ihren Lichtern den Schnee zum Glänzen bringen. Sich die Gemütlichkeit in deren Räumen vorzustellen fällt Eva nicht schwer. Lediglich die Sorge, ob das Reisebüro in Bruneck noch geöffnet hat, macht sie nervös. Dort angekommen läuft sie gleich los und sieht einen Mann, der die Türe gerade abschließen will.

„Entschuldigung, aber bitte schließen Sie noch nicht, ich bin gerade mit dem Zug, der Verspätung hatte, angekommen und habe noch keine Bleibe. Ich brauche dringend ein Zimmer für eine Woche."

Der Mann mit der schwarzen Brille, elegant gekleidet mit Anzug und Krawatte, lächelt. „Zu spät, schon geschlossen, meine Liebe. Mein Angebot, fahren Sie mit zu mir, da ist noch Platz."

Was sollte dieser blöde Spruch von diesem eingebildeten Schnösel?

„Lieber übernachte ich im Bahnhof." Irritiert macht Eva kehrt, will zurück zum Bahnhof. Der Mann fasst sie am Ärmel. „Das ist Südtiroler Humor, werden Sie noch lernen. Kommen Sie."

Er öffnet die Tür. Eva entspannt sich in der angenehmen Wärme und sehnt sich danach, bald ein Hotel zu finden.

Prospekte und Fotos an den Wänden zeigen nur Landschaften Südtirols. Er muss die Heimat wohl sehr lieben.

„Mein Name ist Hans Niederhofer", stellt er sich vor, schaut kurz von den Unterlagen zu ihr und hat einige Angebote zur Hand.

Sein Gesicht hat eine ungewöhnlich zarte Haut für einen Mann, scharf gezeichnete Lippen und forsche grüne Augen hinter der dunklen Brille.

Er sieht gut aus, wieso solche Gedanken in dieser Situation? Während er telefoniert, lässt er Eva nicht aus den Augen. Sie ärgert sich darüber, so naiv gewesen zu sein und vorher nichts organisiert zu haben. Dass gerade im Winter und an den Feiertagen Touristen hierherkommen, hätte ihr klar sein müssen. Hans Niederhofer hebt die Hand, gibt ihr ein Zeichen, es gibt ein freies Zimmer in Sand in Taufers, 17 Kilometer von hier. Heute Abend okay? Eva nickt erleichtert.

Hoffentlich gibt es einen Bus; notfalls schaffe ich die 17 Kilometer zu Fuß oder leiste mir ein Taxi.

Der nächste Bus fährt in einer Stunde, Hans Niederhofer bietet an, sie mit dem Auto ins Hotel zu bringen. Sie muss sich entscheiden. Mit einem Unbekannten zu fahren, gefällt ihr nicht, aber was soll schon passieren? Der Mann ist bekannt im Ort. Als Mitarbeiter oder Besitzer eines Reisebüros kann er sich nichts Dummes erlauben. Vielleicht sollte sie Toni anrufen, aber dann wäre ihr Kommen keine Überraschung mehr.

Hans Niederhofer drängt. „Kommen Sie, wir fahren los."

„Ich rufe noch kurz jemanden an." Eva wählt Tonis Nummer. Vergeblich, niemand meldet sich.

Ganz Gentleman öffnet Hans Niederhofer die Beifahrertür eines schicken Wagens und drückt Eva auf den Sitz. Bevor er einsteigt, befreit er die Schuhe vom Schnee und schaltet im Auto das Radio an.

Es ist angenehm und ruhig. Eva betrachtet seine gepflegten Hände, die leicht gebräunt unter hellblauen Hemdsärmeln hervorschauen. Als er ihren Blick bemerkt, weist er auf die Berge, die wie dunkle Schatten hinter den erleuchteten Häusern stehen. „Sie schützen uns", sein Kommentar, ein schwaches „Ja" Evas Antwort.

Sie will mehr über ihre Bleibe wissen.

Natürlich lobt er das gute Haus, die freundlichen Wirtsleute, und erwähnt im Besonderen die gute Küche und den Krambambuli, der abends am offenen Feuer, mit viel Süße flambiert getrunken, für gute Stimmung sorgt. Sein Blick zur Seite trifft Eva genauso wie die Einladung, am heutigen Abend sein Gast zu diesem Getränk zu sein.

Nach einem anstrengenden Tag gebe es nichts Besseres als Krambambuli. Dieses Zaubergetränk würde den Körper mit einer wunderbaren Schläfrigkeit berieseln und den Gesichtern eine sanfte Röte und Schönheit verleihen. Wahrscheinlich würde er auch im Hotel übernachten und auf Eva aufpassen können.

„Bin froh, meine Eltern zu Hause gelassen zu haben, ich kann auf mich selbst aufpassen."

„Sei mal nicht so sicher", kommt es freundlich zurück. Der Gedanke, jetzt nur nicht einschlafen, hilft nicht. Die Augen fallen zu, Eva schläft so lange, bis Hans Niederhofer sie vor dem Hotel behutsam weckt. Er lächelt zärtlich. „So schöne rote Wangen auch ohne Krambambuli, steig aus, wir sind angekommen."

Endlich allein, endlich im Zimmer! Der Blick durchs Fenster überwältigt sofort mit den imposanten Bildern der Berge im Schnee. Erschöpft, mit einem kurzen Gedanken an Toni, lässt sie sich aufs Bett fallen, sie will einfach nur schlafen.

Die Überraschung für Toni, am nächsten Tag. Der Kellner gibt ihr nicht nur den Fahrplan für den Bus ins Ahrntal, er lächelt genüsslich mit einem Brief in der Hand, dessen Absender H. Niederhofer ist.

Heute Abend Krambambuli mit dir, es wird schön werden. Ich freue mich, Hans.

„Das ist schon einer, der Niederhofer", kommt es im schönsten Dialekt vom Kellner.

„Da sind wir ja einer Meinung, allerdings werde ich nicht da sein. Ich fahre mit dem nächsten Bus zu meinem Freund."

Das hätte noch gefehlt, wegen eines Niederhofers die Pläne zu ändern und womöglich auf Toni verzichten. Unmöglich, dieser Niederhofer. Eva, immer noch empört, sitzt im Bus und fährt die vertrauten Wege. Sie erinnert sich, kennt die Gasthöfe und Scheunen, die Bauernhäuser und lacht über die Skier, die vor jedem Haus geparkt sind. Die Schneemassen zu beiden Seiten der Straße sind zu einer Mauer geschaufelt, die Sonne scheint, und ihr Herz klopft wild bei dem Gedanken an Toni.

Sein Haus ist schnell gefunden, sie klopft an der bekannten Tür und wird gleich von Tonis Mutter erkannt. Ein völlig überraschtes Gesicht, das sich in Sekundenschnelle von einer freundlichen Frau in eine unfreundliche Person verwandelt.

„Mei, dös ist aber eine Überraschung Mädel."

Wenigstens der Ton und die Stimme haben ihren Reiz nicht verloren.

„Und das soll sie auch für Toni sein."

Barsch dreht sie den Kopf, schüttelt ihn zu einem Nein. „Der Toni ist nicht da. Er kommt erst in ein paar Tagen zurück, hat was zu erledigen. Ist besser, wenn du nicht bleibst."

Die Mutter schüttelt wieder den Kopf und deutet in Richtung der Tür.

„Aber an Silvester ist er doch da? Wir wollten zusammen ins neue Jahr …" Eva versteht nicht, sie ist verunsichert.

Ein Schulterzucken und ein ratloses Gesicht. „Ich werd ihm ausrichten, dass du gekommen bist, er kann dich anrufen."

Ein schreit ein verzweifeltes „Nein, ich will ihn doch überraschen!" Ihr kommen die Tränen.

„Überrascht wird er schon sein, ich muss an die Arbeit, Mädel. Das Beste ist, du fährst heim."

Die Frau schaut Eva streng in die Augen und schiebt sie sanft, aber energisch aus dem Haus. Eva begreift nicht, zitternd und frierend geht sie in den benachbarten

Gasthof.

Froh, dass um diese Zeit die alten Männer, die dort ihren Wein trinken, sie nicht wahrnehmen und ihren Tränen keine Beachtung schenken.

Unmöglich kann sie sich in Toni getäuscht haben. Gut, seine Briefe waren in der letzten Zeit weniger geworden, doch er hatte viel zu tun und Männer sind halt schreibfauler als Frauen. Sollte sie vielleicht die Wirtin fragen? Die kennt doch den Toni, und in dem Dorf weiß jeder über jeden Bescheid.

Niemand kommt und fragt nach ihren Wünschen. Eva nimmt die Getränkekarte, ein heißer Tee würde guttun. Neben dem Angebot verschiedener Schnäpse, Säfte, Kaffee und Wasser fällt ihr in großer Schrift KRAMBAMBULI ins Auge. Wird wohl das Getränk der Saison sein, Herr Niederhofer!

Als nach sie einer halben Stunde Wartezeit aufgewärmt, aber noch keine Bedienung gesehen hat, fragt sie bei den Alten nach.

„Heute ist Selbstbedienung, musst dir nehmen, was du willst, und das Geld in die Schachtel hier legen. Alle sind mit den Vorbereitungen fürs Neujahr beschäftigt. Es wird keiner kommen."

Wo ist der Sommer geblieben? Eva hat keine Lust mehr, mittlerweile nimmt die Wut überhand. Dann fahr ich halt zurück und trink einen Krambambuli mit Niederhofer.

Im Hotelzimmer wirft sie sich aufs Bett und weiß nicht, ob ihr die Tränen aus Wut oder Enttäuschung übers Gesicht laufen. Den Blick auf die vorher noch so faszinierende Landschaft will sie nicht mehr wahrhaben. Auf einmal kommt ihr alles klein und eng, kalt und unfreundlich vor. Eva weint und bekommt Heimweh. Auch der nächste Versuch, Toni telefonisch zu erreichen, ist vergeblich.

Völlig ermattet schläft sie ein, und als sie bei Einbruch der Dunkelheit wach wird, sieht sie die Welt mit neuen Augen. Soll der Toni doch warten. Nichts mehr wird sie unternehmen, alles Weitere dem Zufall überlassen. Sollte Hans Niederhofer seine Einladung wahr machen, wird sie mit ihm gehen. Wenn nicht, würde sie allein ein superfeines Abendessen zu sich nehmen, den Krambambuli probieren und auf die angesagte Wirkung einer wunderbaren Schläfrigkeit hoffen.

Sie zieht das neue schwarze Kleid an, elegant müsste sie neben einem Hans Niederhofer schon aussehen. Der Lippenstift einen Tick roter, die Augen einen Tick betonter. Die Schuhe mit den hohen Absätzen das könnte passen.

Noch ein Hauch von Parfüm und ganz Dame sitzt sie in der Lobby des Hotels.

„Doch der Niederhofer besser als ein Bauernbub?", kann sich der freundliche Kellner von heute Morgen nicht verkneifen. Eva ist ihm nicht böse, wo er recht hat, hat er recht. Hoffentlich wartet sie nicht vergeblich.

„Schon mal einen Aperitif und mit einem Gruß vom Niederhofer, er ist gleich da."

Eva ist die einzige Frau im Foyer. Auf den dickgepolsterten Sesseln an runden Cocktailtischen sitzen Damen, schick gekleidet, die gelangweilt Sektgläser zwischen Fingern mit rot lackierten Nägeln halten und dabei versuchen mit den Herren, die gut erkennbar Gauloises rauchen, zu plaudern. Genau das Publikum, das sie liebt.

Die Erleichterung, als sie Hans Niederhofer im Rollkragenpullover auf sich zukommen sieht. „Kluges Mädchen", die Begrüßung. Er küsst Eva auf die Wangen, ist gelöst und freundlich.

Dass er sich auf den Abend gefreut hat, glaubt sie ihm, und die Freude wird noch größer, als er sie an die Hand nimmt und in eines der Restaurants führt, wo das Publikum ein anderes ist als das in der Lobby. In der Südtiroler Stube ist es gemütlich, auf blank geputzten Holztischen steht noch der Weihnachtsschmuck mit roten Kerzen und Tannengrün, im Fachwerk an den Wänden hängen kleine Lampen, die mit dem richtigen Licht für eine heimelige Atmosphäre sorgen. Kinder hocken vor dem offenen Feuer des Kamins, es duftet nach Kastanien und Bratäpfeln. Die Menschen reden entspannt miteinander. Obwohl die Lautstärke nicht gedrosselt wird, versteht Eva so gut wie nichts vom Dialekt, empfindet es aber als äußerst angenehm.

Ein Tisch für zwei Personen ist reserviert. Hans rückt ihr den Stuhl zurecht und lächelt charmant.

„Es ist wunderschön hier." Eva drückt ihre Freude mit einem strahlenden Lächeln aus und bedankt sich bei Hans mit ehrlich berührter Stimme. Unbedingt ist es ihr wichtig, ihm die Bewunderung für seine Liebe zu der Heimat, die ihr so sympathisch aufgefallen ist, mitzuteilen.

Hans lässt sie verwöhnen mit typisch Südtiroler Spezialitäten; zum ersten Mal probiert sie die hausgemachte Schlachtplatte, Knödel, Schlutzkrapfen mit Salbeibutter oder wie all die Köstlichkeiten heißen. Sie schmecken ebenso vorzüglich wie der trockene Weißwein, der bei ihr eine angenehme Schwere auslöst.

Sie lässt sich von Hans traumtänzerisch auf die Tanzfläche führen. In seinen Armen fällt es nicht schwer, sich im gleichen Rhythmus zu bewegen, seiner Stimme, die leise die Melodie mit summt, zu lauschen und seine Komplimente zu ihren vollen Lippen und ihrer Natürlichkeit lächelnd anzunehmen. Der feste Druck seiner Arme erregt sie ebenso wie sein Duft, der sie an Zitrone und Tabak erinnert, süßlich und herb zugleich. Wie lange sie der Lust, sich an ihn zu schmiegen, widersteht, weiß sie noch nicht.

Seine Eleganz, die geschmeidigen Bewegungen und oftmals der Spott in der Stimme irritieren noch und vereinbaren sich schlecht mit der Zartheit seines Gesichts, seinen Komplimenten und der Einladung heute Abend. Es reizt sie, mehr über ihn zu erfahren, die Seiten kennenlernen, von denen sie glaubt, dass er sie nicht so leicht zu erkennen gibt.

Und dann ist da noch Toni, mit dem alles so leicht war. Bei Toni hatte sie gleich Liebe empfunden, war unbeschwert und durchgehend glücklich gewesen.

Zurück am Tisch ist das Rost mit Arrak und dem Zuckerhut schon vorbereitet. Krambambuli!

Hans entzündet gekonnt die Flamme, ohne sie dabei aus den Augen zu lassen, und füllt die Gläser mit dem ihr unbekannten Getränk. Routiniert flambiert er den Zuckerhut, prostet ihr zu mit einem verführerischen Blick. Eva genießt die Romantik, sie fühlt sich wunderschön. An den Nebentischen erreicht die Stimmung ihren Höhepunkt, die Gäste unterhalten sich laut, sie lachen, singen und sind fröhlich, obwohl Silvester erst morgen ist.

Krambambuli steigt Eva schnell zu Kopf. Das Gefühl

gefällt ihr, Hans schenkt weiter ein. Die Lust, sie zu betrachten, verbirgt er nicht. Eva strahlt und er küsst ihre Hand.

„Eva, ich mag dich sehr. Die wunderbare Schläfrigkeit und sanfte Röte der Wangen haben dich erwischt, lass uns fahren."

„Wieso fahren, ich wohne doch hier im Haus."

Behutsam hilft Hans ihr beim Aufstehen; sie schwankt leicht und hält sich an ihm fest.

„Frische Luft wird dir guttun."

Gehorsam nimmt Eva seinen Arm und lässt sich nach draußen führen. Eisiger Wind und heftiger Schnee wehen ihnen entgegen. Die weihnachtliche Lichterkette um das Haus wackelt bedenklich, die kleinen Lampen werfen Lichterflecken auf den Schnee, es sieht gespenstisch aus.

Wie ein Kind mit ausgebreiteten Armen bewundert Eva dieses Spiel. Sie mag die Kälte in ihrem Gesicht. Lachend wird sie von Hans umarmt, heftig bedeckt er sie mit Küssen. Überwältigt davon gibt sie nach, lässt sich darauf ein und erwidert die Zärtlichkeiten, ohne dabei an Toni zu denken.

Frische Luft tut gut! Die Kälte macht sie wieder wach. Sie will den Abend noch nicht beenden und willigt ein auf die angebotene Autofahrt durch die sternenklare Nacht. Gemütlich kuschelt sie sich in den Beifahrersitz, Hans breitet eine Decke über sie aus. Während der Fahrt streichelt er ihren Arm. Entspannt und zufrieden schließt sie die Augen, sie weiß jetzt, was Krambambuli ist.

Vor der Einfahrt eines modernen Hauses ohne jeden Schnickschnack hält der Wagen.

„Hier wohne ich." Hans beugt sich über Eva, fährt ihren Sitz leicht zurück. „Komm mit mir, drinnen ist es schön warm. Ich lebe hier allein, du wirst dich wohlfühlen."

Sein Kuss ist fordernd, er drückt den Oberkörper gegen sie, streift die Decke ab und legt seine Knie auf ihren Schoß. Seine Hände versuchen, die Knöpfe der Jacke zu öffnen.

Frische Luft tut gut! Krambambuli verrauscht. Eva ist hellwach, mit beiden Händen schiebt sie Hans zurück.

„Ich möchte ins Hotel, bitte fahre mich zurück." Ihre Stimme ist sanft, aber fest. Sie will nicht, dass Hans ihre Angst spürt. „Es war ein schöner Abend, ich mag dich, aber ich kenne dich nicht. Bitte bringe mich zurück."

Hans schüttelt den Kopf. Eva versteht nicht, bedeutet das ein Ja oder ein Nein.

Er fragt: „Wärest du mit jedem gefahren, warum mit mir?"

Ihr Blick ist ernst, als sie ihm direkt ins Gesicht schaut. „Lass uns fahren Hans."

„Du bist grauenvoll, eine Zigeunerin. Während der Woche bin ich intensiv in meinem Reisebüro beschäftigt, was mir riesigen Spaß macht, und nur am Wochenende habe ich Zeit mich zu verlieben."

„Bitte keine Erklärungen und keine Ausreden." Liebevoll, doch mit fester Stimme weist Eva den Versuch seiner Erklärung von sich.

Er schüttelt erneut den Kopf, küsst sie wieder, dieses Mal vorsichtig und sanft. „Ich verstehe, so etwas nennt man Projektion." Dann richtet er die Sitze und fährt schweigend zurück nach Sand in Taufers. Vor dem Hotel hilft er ihr aus dem Wagen, lächelt und zuckt mit den Schultern.

„Ich wünsche uns viel Glück im neuen Jahr!"

Die Silvesternacht verbringt Eva im Zug von Bruneck
in Richtung Heimat. Nur wenige Leute sind unterwegs
auf der langen Strecke mit dem Blick auf die
faszinierende Bergwelt der Dolomiten.

Jüpp

Und dann ist da noch der andere Bruder, der kleine dickliche, ein wenig tollpatschige, mit einem runden Kopf auf einem zu kurzen Hals. Mit spärlichen Haaren, immer roten Wangen und der Nase wie eine Kartoffel. Die Hände sind kurz, die Finger wie kleine Würstchen und seine Stimme wie die eines Brummbären.

Das ist Josef, genannt Jüpp.

Jüpp ist anders, er versteht vieles nicht, er ist einer, zu dem man sagt: „Armer Kerl, schade, ist etwas zurückgeblieben."

Den jüngeren Bruder mögen die Geschwister und kümmern sich auch um ihn. Sie besuchen ihn regelmäßig und sind erstaunt, dass er trotz des Defizits in der Lage ist, ein selbstständiges Leben zu führen; Jüpp fällt niemandem zur Last und ist stets gut gelaunt. Dieser Umstand macht es der Familie leicht, mit der Behinderung des Bruders fertig zu werden. Die Hauptsache ist, dass Jüpp ruhig bleibt und keine Ansprüche stellt. So wie er ist, so gehört er dazu.

Tag für Tag ist er an der frischen Luft, das ist gut für seine Gesundheit, krank war er noch nie. Er arbeitet auf dem Friedhof, hilft den Gärtnern, die Gräber der Toten zu richten. Genau der richtige Job für ihn, die Toten wird er nicht erschrecken können. Pünktlich um zehn Uhr morgens verlässt er sein Zuhause und macht sich auf den Weg zum Friedhof. Dass seine Arbeit eigentlich um zehn Uhr schon beginnt, versteht er nicht. „Ab zehn Uhr werde ich bezahlt, also gehe ich pünktlich um zehn Uhr aus dem Haus", so seine Erklärung, die mit einem Lächeln toleriert wird.

Einmal im Monat treffen sich die fünf Geschwister im Elternhaus. Es ist zur Tradition geworden, an diesem Nachmittag gemeinsam miteinander zu singen. Die Musikalität scheint ein Erbe der Eltern zu sein, denn die Stimmen hören sich geübt an, sind gleichermaßen rein und klar. Ein mehrstimmiger Satz klingt ohne Weiteres harmonisch und in der Weihnachtszeit geradezu himmlisch.

Jüpp, natürlich mit der Bassstimme ausgestattet, verlässt an diesen Nachmittagen das Bärengebrumme und wundert sich, dass er und Mariechens glockenheller Sopran sowie Willis strahlender Tenor von Loni, der die vollkommene Harmonie wichtig ist, gebremst wird.

Das Herz ist bei jedem Lied dabei und die mittlerweile angeheiratete Verwandtschaft sichtlich berührt. Mit leisem Summen und anerkennenden Blicken sitzen sie dabei und staunen.

Auch den Kindern gefallen diese Nachmittage. Ob es an der Musik oder an der warmherzigen Gesellschaft liegt, sei dahingestellt.

Vor den Füßen der Eltern sitzen sie auf dem Fußboden, bereitwillig, die Melodien und Texte zu lernen. Dass sie zwischendurch kichernd die Hände vor den Mund oder die Finger in den Ohren halten, wird ihrem jungen Alter zugeschrieben.

Anna sitzt in respektvoller Entfernung zu Jüpp. Sie hat den Onkel und ihren Vater genau im Blick und kann, wie so oft, nicht glauben, dass die beiden Brüder sind. Zu unterschiedlich sehen sie aus.

Da ist der Vater, mit dem sie Spaß hat, mit dem sie lachen und singen kann, in dessen Nähe sie sich glücklich und geborgen fühlt. Der ihr keine Angst einflößt und sie nie enttäuscht hat. Und daneben Jüpp. Dieser Mensch, den sie einfach nicht mag. Der ihr, trotz des rosigen Gesichts, dunkel und böse vorkommt. Dessen polternde Stimme ihren Ohren wehtut und dem sie ihre Hand zur Begrüßung verweigert. Das breite Lächeln, die übergroßen Zähne im Mund unter der Kartoffelnase würden ebenso gut zum bösen Wolf bei Rotkäppchen passen. Und ausgerechnet dieser Mann, Jüpp, ist ihr Patenonkel.

Bestimmt eine Idee der frommen und sozial veranlagten Mutter.

Und jetzt hat Anna ihn am Hals. Sie muss sein Lächeln und den Stolz in seiner Stimme ertragen, wenn er versucht, ihre Haare zu tätscheln und dabei brummt: „Das ist mein Patenkind Anna."

Zum Glück beschränken sich die Treffen mit Jüpp, bis auf die sangesfreudigen Nachmittage, nur auf Weihnachten. Dann will er weg von den Toten und unter den Lebenden sein. Dann wünscht er sich den Besuch bei seinem Patenkind.

Die Mutter schaut ungläubig, als sie auf Annas Wunschzettel liest: Weihnachten ohne Jüpp!

Für die Eltern ist es selbstverständlich, dass der einsame Jüpp den Heiligen Abend bei ihnen verbringt. Nicht so für Anna! Der schönste Tag im Jahr mit einem brummenden Onkel, niemals. Jedes Jahr der gleiche Kampf. Weder der mit Kerzen, roten Kugeln und silbernem Lametta geschmückte Tannenbaum, noch der Weihnachtsduft von Marzipan, Lebkuchen und Hyazinthen oder die Geschenke würden das Dilemma dieses Besuches verdrängen können.

Der Gedanke an die Anwesenheit des Onkels schmerzt

tatsächlich. Die um Verständnis flehenden Blicke zum Vater schaffen es schließlich, den Besuch vom Heiligen Abend auf den ersten Feiertag, ab dem Mittagessen zu verschieben.

Die Mutter schüttelt den Kopf. „Das ist nicht der Sinn des Weihnachtsfestes, das ist nicht christlich. Dem Kind in der Krippe würden diese Gedanken nicht gefallen."

Anna überschlägt ab sofort in der Geschichte der Heiligen Nacht die Stelle „… und sie fanden keinen Platz in der Herberge."

Der Heilige Abend behält seinen Zauber. Wie es sein soll, geht sie in dunkler Nacht, an der Seite der Eltern, auf schneebedeckter Straße zur Christmette in die Kirche. Das Wunder ist geschehen, alles hat sich verändert. Aus dem dunklen Kirchenschiff ist ein Ort der Wärme und des Lichts geworden. Das Lied der Orgel ist ungewöhnlich sanft, die Feierlichkeit in den Gesichtern und den Kleidern der Menschen berührt Anna sehr. Maria und Josef, das Kind in der Krippe, Hirten und Engel, die Besonderheit des Geschehens auf diese grandiose Weise dargestellt ist einfach das Schönste. Mit lauter Stimme fällt es ihr leicht, die bekannten Lieder mitzusingen, mit lautem Jubel „O du fröhliche …" und „Stille Nacht …" mit Inbrunst.

Auf dem Nachhauseweg geht es weiter im weihnachtlichen Rausch. Annas Herz schlägt heftig, jetzt kommen die spannenden Augenblicke, wie sieht der geschmückte Baum aus und welche Geschenke liegen darunter?

Die Wunderkerzen mag sie besonders, und dass sie Hand in Hand mit den Eltern ein Lied singt, ist fast das Wichtigste.

Am ersten Weihnachtstag hantiert die Mutter in der Küche. Der Vater sitzt auf dem Sofa und sucht im Radio nach „Jauchzet, frohlocket."

Noch spürt Anna die Freude des vergangenen Tages, doch setzt sich der Gedanke an den bevorstehenden Besuch wie ein Stein auf ihre Brust.

Jüpp kommt wie gewohnt zu spät; die Person, auf die Anna gerne verzichtet hätte, ist feierlich gekleidet. Jüpp im Anzug, weißem Hemd und Krawatte. Das Poltern der Schritte und Brummen der Stimme haben sich der Feierlichkeit allerdings nicht angepasst. Sein „Frohe Weihnachten" klingt wie „Tief vom Walde komm ich her." Dann seine Wurstfinger auf Annas Haar, ein unbeholfenes Streicheln, eine Tafel Schokolade und 20 Mark, für die sich die Eltern mit freudigen Blicken bedanken.

Das Mittagessen schmeckt Jüpp. Mit vollem Mund, schmatzenden Geräuschen, doch strahlenden Augen stopft er so viel Festtagsbraten in sich hinein, wie er kann, gegen alle guten Tischmanieren.

Dass dies an Weihnachten gestattet ist, bemerkt Anna an dem großzügigen Lächeln der Mutter.

Anna schaut sich die Gesichter genau an, doch Freude über das ungewohnte Verhalten empfindet sie nicht. Erst als Jüpp endlich auf dem Sofa liegt und schnarcht, fühlt sie sich befreit.

Die Beharrlichkeit und Gelassenheit der Eltern, die liebevolle Zuwendung und das Verständnis für den Onkel, gerade an diesem Tag, will sie nicht verstehen.

Der Vater hatte den Bruder herzlich begrüßt, ihn sogar in den Arm genommen. Die Mutter übersah die Tischmanieren und erfreute sich an seinem Appetit.

Am Abend begleiten sie Jüpp zur Straßenbahn. Die Eltern haben ihn in ihre Mitte genommen und Anna trottet hinterher. Sie hat keinen Blick mehr für die Fenster in den Straßen, in die sie sonst an Weihnachten so gerne hineingeschaut hat. Die Eltern freuen sich, dass Jüpp sich so wohlgefühlt hat und sie einen Menschen glücklich gemacht haben.

Am Abend reden die Eltern viel miteinander und sind fröhlich, was Anna nicht oft erlebt. Sie nimmt sich vor, im nächsten Jahr genauer hinzuschauen, vielleicht kommt sie ja hinter das Geheimnis. Mit den Augen eines Kindes gesehen und mit dem Herzen eines Kindes gefühlt, entsteht der Hauch einer Ahnung, dass zu Weihnachten viel mehr gehört.

Das Gesicht von Weihnachten ändert sich im Lauf der Jahre, Lametta und Kerzen werden ausgetauscht durch Lichterkette und Strohsterne. Die Mitternachtsmesse ist auf den Nachmittag verlegt und die Geschenke sind, dem Alter entsprechend, praktisch und nützlich.

Die Interessen Annas haben ein breiteres Spektrum bekommen. Was bleibt, ist der Besuch von Jüpp. Die Angst ist weniger geworden, doch weder ein Glücksgefühl oder gar Gleichgültigkeit stellen sich ein.

Am ersten Weihnachtstag betrachtet sie das Gesicht des Onkels genauer. Hin und wieder begegnet sie seinen Blicken; Jupp zwinkert ihr zu und lächelt verschmitzt. Anna ist verunsichert und versucht, der Situation auszuweichen. Vielleicht ist er gar nicht so schlimm?

Alles fließt und ändert sich; in den nächsten Jahren lässt die Regelmäßigkeit der weihnachtlichen Besuche nach. Anna ist nicht mehr das Kind und Jüpp nicht mehr so gesund.

Mittlerweile feiert sie das Fest mit der eigenen Familie. Sie versucht, den Glanz der früheren Jahre aufrecht zu erhalten und erzählt gerne von den Traditionen, als ihre Eltern noch lebten und von der Angst vor dem dunklen Onkel. Der Glorienschein leuchtet über den Erinnerungen und lässt zu, dass man über die Vergangenheit lächeln kann.

Weihnachten liebt sie immer noch, das Leuchten, den Jubel und die Botschaft? Dass Weihnachten ohne Jüpp möglich gewesen wäre, war nur ein dummer Wunsch und kindlicher Gedanke.

Annas Mann stammt nicht aus Deutschland, er muss für sechs Monate in seinem Geburtsland den Militärdienst ableisten. Die Trennung fällt den beiden sehr schwer, sie schreiben sich täglich, vermissen sich. An einem solchen Tag, wieder einmal mit großer Sehnsucht im Herzen, erreicht Anna die Nachricht, dass Jüpp gestorben ist.

Als letzter in der großen Geschwisterschar. Eine Erbschaft, die Summe von 600 D-Mark hat er Anna hinterlassen; 600 Mark für sein Patenkind und die Erinnerung an schöne Weihnachtstage.

600 Mark, so unverhofft, was soll sie damit machen?

Sie meldet ein Telefongespräch an, will ihren Mann überraschen, mit ihm ihre Freude teilen.

Aufgeregt hört sie endlich seine Stimme. Die Überraschung ist gelungen, endlich können sie miteinander reden. Anna will alles sagen, schafft aber nur die Erklärung, dass die 600 DM das Erbe von Jüpp sind. Dann sind es nur noch Tränen und wenige wichtige

Worte. 600 DM verschwendet zu einer glücklichen
Stunde.

Tourette

Diesen Winter würde er genauso überleben wie den letzten und den davor und den davor.

Georg überlegt, ob er sich in diesem Jahr bei der Caritas noch eine Wolldecke und so eine Matte holen soll. Eine ISO-Matte, auf der man angenehm liegen kann. Dass die Bank im Park, sein Schlafplatz, ziemlich hart ist, hat er an seinem Rücken gemerkt. So eine Matte mitzuschleppen ist allerdings auch wieder eine Last; vielleicht sollte er doch einen der leeren Einkaufswagen, die so oft irgendwo auf den Parkplätzen vor den Supermärkten herumstehen, mitnehmen.

Er kommt sich hinter diesen Wagen allerdings sehr alt vor, obdachlos. Aber praktisch wäre das schon und beim Laufen bestimmt eine gute Stütze, so seine Überlegung, bevor er sich auf den Weg zur Caritas macht. Heute Nacht hat es zum ersten Mal gefroren, seine Hände sind steif. Handschuhe wären wichtig, vielleicht ist heute Altkleidersammlung in der Stadt und er findet irgendwo etwas in den Säcken mit dem Roten Kreuz.

Vielleicht ist auch bei der Caritas etwas zu bekommen, mittwochs hat die Kleiderkammer geöffnet. An warme Klamotten muss er jetzt auch denken, da der Winter kommt. Welcher Wochentag heute ist, kann er gleich am Kiosk auf der Wochenzeitung lesen.

„Ach, Montag, dann warte ich noch zwei Tage und bitte Peter um etwas Warmes zu trinken." Georg reibt sich die steif gewordenen Finger, macht ein paar Kniebeugen, bevor er aus der Thermoskanne noch einige Tropfen Wasser auf einen Waschlappen verteilt und sein Gesicht wäscht. „Morgentoilette muss sein, Hygiene ist wichtig."

Mit der Rasur will er noch zwei Tage warten, weil es immer anstrengender wird, in einem Hotel unbemerkt auf die Toilettenanlage zu kommen.

„Guten Morgen, ein Tässchen heißen Kaffee? Es ist kalt geworden." Die Frau aus der Wohnanlage gegenüber der Bank im Park versorgt ihn öfter mit Kleinigkeiten, sei es Kaffee oder auch etwas zu essen. Sie ist so etwas wie seine Nachbarin, seit einigen Jahren redet er manchmal mit Agnes. Ihr Mann ist gestorben und jetzt ist sie ständig damit beschäftigt, ihre schöne Wohnung und den kleinen Garten ohne dessen Hilfe in Ordnung zu halten. Ihre Kinder und Enkelkinder kommen sie besuchen, und einmal in der Woche singt sie im Kirchenchor. Zum Glück ist sie nicht aufdringlich und versucht, Georg auszuhorchen oder eines Besseren zu belehren. Meist kommt sie im richtigen Augenblick, und an seine Störung, dass er unverhofft immer wieder unanständige Worte sagt und die Arme in die Luft wirft, hat sie sich gewöhnt. Anfangs hatte sie darüber lachen müssen; seitdem sie weiß, dass dies bei Georg eine Krankheit mit dem Namen Tourette ist, spielt es keine Rolle mehr.

Für Georg ist es nach wie vor das große Handicap, das ihn zu einem Obdachlosen gemacht hat. Solange seine Mutter noch lebte, war das Leben schön. Die beiden waren füreinander da. Die Mutter arbeitete an einem Theater, wo sie eine Art Mädchen für alles war. Sie half in der Umkleide oder in der Maske, sie half in der Küche und wischte auch, wenn nötig, die Toiletten. Georg durfte sie ins Theater begleiten. Für ihn war es das Schönste, hier in einer dunklen Ecke zu sitzen und dem Orchester bei den Proben zuzuhören. Die schweren dunklen

Vorhänge waren sein Schutz, niemand konnte seine Grimassen sehen oder die schlimmen Worte hören. Die Musikstücke hörte er so oft, dass er sie mitsingen konnte und nie vergessen würde. Er kannte alle beim Namen.

Nach dem Tod der Mutter war diese schöne Zeit vorbei. Sie hatte ihn alleingelassen. Einen Beruf hatte er nicht gelernt, keine Arbeit gefunden. Was blieb, war die Straße – ein guter Ort für ihn.

Hier ist er sein eigener Herr, kann tun und lassen, was er will. Den meisten Vorübergehenden ist er unheimlich, und den Spott und das Gelächter der Kinder kennt er noch aus seiner Schulzeit.

Die Worte der Mutter: „Es hilft nichts, in die Schule musst du gehen, eine Behinderung ist schon schlimm, aber ein dummer Mensch ist noch viel schlimmer. Schau einfach über die anderen hinweg, dann merkst du, wie erhaben es ist, anders zu sein. Ich liebe dich sehr." Dieser Satz war das Schönste, an das er sich erinnern kann. Als weiteres Glück empfindet er, dass die Leute nicht gern mit ihm zu tun haben wollen. Auch die von der Behörde nicht, seine schlimmen Worte sind ihnen unangenehm und sie sind froh, wenn sie ihn schnell wieder loswerden.

Glück hat er mit der Stadt, in der er lebt. Dicht bebaut gibt es viele Unterkünfte, die in Regenzeiten guten Schutz bieten, besonders in den breiten überdachten Eingangsbereichen der großen Geschäfte im Zentrum. Am liebsten verbringt Georg aber seine Zeit in den Grünanlagen und Parks. Es gibt viele davon in der Stadt, sodass er sogar einen Stammplatz mit Blick auf den Dom für sich beansprucht. Den wunderschönen Dom, den er von Herzen liebt. Schaut er zu den Spitzen der Türme hinauf, hat er das Gefühl, Gott und der Mutter sehr nahe zu sein. Die Figuren der Engel und der Heiligen, der Fürsten und den Teufel kennt er genau. Alles, was auf der Erde vertreten ist, hat seinen Platz an der Fassade des Doms. In den Nächten, in denen er keinen Schlaf findet, besucht er die Figuren und spricht mit ihnen. Georg kennt genau die Stelle mit dem speienden Teufel und den sanften Engeln in ihren faltenreichen Gewändern.

Davon überzeugt, dass der Teufel lacht und die Engel sich nicht an seinen schlimmen Worten stören. Liegt er auf seiner Bank, freut es ihn sehr, dass die Stadt verboten hat, Gebäude zu errichten, die höher als der Dom sind. Glücklich ist er auch darüber, dass es möglich ist, überall, an jeder Stelle mit Gott zu sprechen, also zu beten.

„Gott hat immer ein Ohr für dich, du kannst jederzeit und an jedem Ort mit ihm sprechen", hatte die Mutter gesagt, und so ist es auch. Der schönste Ort dafür ist nun mal der Kölner Dom.

Leider wissen das nicht alle Schweizer im Dom und verweisen ihn mit harter und böser Stimme aus dem Gotteshaus. Georg hat sich die Gesichter der unfreundlichen Schweizer gemerkt. Deshalb wartet er mit seinen Besuchen im Dom immer so lange, bis er den sympathischen Schweizer an der Türe sieht. Der Mann lässt ihn mit der Bitte, den Mund zu halten und keine Grimassen zu schneiden, hinein. Versprechen kann Georg das nicht, dieser Tick meldet sich von allein und lässt sich nichts befehlen. Nur wenn er einen dicken Schal umwickelt, sind die Geräusche und Stimmen nicht so laut zu hören.

Wie es im Leben Höhen gibt, gibt es auch die Tiefen. Für Georg sind es die anderen Obdachlosen. Nicht weil sie ohne Obdach sind, denn das ist keine Schande und kann jedem passieren.

Aber dass sie einfach so herumsitzen und bis zum Exzess billigen Alkohol konsumieren, gefällt ihm gar nicht. Dass sie sich lauthals zanken und die Frauen mit schlimmen Worten beleidigen, kann er sich nicht anhören. Dann sind da noch die Drogenopfer, die Erbärmlichen und Elenden, die dem Tod näher sind als dem Leben. Es schmerzt sein Herz, diese Menschen in einem so fürchterlichen Zustand zu sehen. Oft hat er versucht, sein Mitleid zu zeigen und von seinen Habseligkeiten etwas abzugeben. Ein Stück Schokolade oder einen Apfel, doch sie haben ihn abgewiesen und einen Schweinehund genannt. Da war ihm klar, dass sie nie von einem Tourettesyndrom gehört hatten. Es gibt solche und solche, einige laufen hinter Georg her, halten ihn an der Jacke fest und wollen eine Zigarette, Alkohol oder Geld. Dass er diese Wünsche nicht erfüllen kann und er lediglich den Rat gibt, zur Caritas zu gehen, bringt ihm Gelächter oder manchmal sogar einen Faustschlag ins Gesicht ein.

Absolute Höhepunkte in seinem Leben sind die Konzerte in der Philharmonie gleich neben dem Dom. Im Sommer hatte er einen Platz unter der Brücke neben der Tiefgarage entdeckt, wo er unbemerkt die Musik hören kann, die bis hier vordringt. Dann sitzt er ganz ruhig und versucht, die Unruhe seiner Arme und Beine dem Rhythmus der Klänge anzupassen. „Ich bin der Dirigent und befehle den schmutzigen Wörtern, bis nach dem Konzert zu warten."

Was diese leider nicht taten. Doch mit einer Maske, die ihm seine Nachbarin genäht und die er über den

Mund gezogen und hinter den Ohren befestigt hat, ist es ihm eine Zeit lang möglich, ungestört der Musik zu lauschen.

Jetzt im Winter sieht die Situation anders aus. Oft ist sein Platz von Hochwasser überschwemmt oder von anderen Obdachlosen besetzt, die kein Musikverständnis haben. An manchen Tagen kommen Polizisten mit Spürhunden, die ihn sofort wegjagen. Es ist ein Jammer. Vorsichtig schleicht Georg zum Eingang der Philharmonie, wo er in den Schaukästen zumindest lesen will, welche Konzerte auf dem Programm stehen.

Aufgefallen ist ihm dieser junge Mann, der als einer der Ersten an der Türe steht und die Leute freundlich begrüßt. Auch Georg hat er ein Lächeln geschenkt und nicht einmal den Versuch gemacht, ihn fortzuscheuchen.

Angekündigt werden große Konzerte, die Berliner Philharmoniker unter Simon Rattle und ein Plakat Anna Netrebkos mit den bekanntesten Arien italienischer Opern. Er kann den Blick nicht abwenden von dieser schönen Frau mit der wundervollen Stimme.

Der junge Mann steht unmittelbar neben ihm. Georg kann seine Begeisterung nicht bremsen „Ob sie auch *Un bel di vedremo* aus Madama Butterfly singt?", kommt es aus seinem Mund, den er sofort mit beiden Händen verschließt, bevor die schlimmen Worte kommen.

„Das ist schon möglich. Ist das ihre Lieblingsarie?"

Georg schaut in himmelblaue Augen und kann es nicht fassen, dass dieses Gespräch ihm gilt. Dann fahren seine Arme in die Höhe und die schlimmen Worte sind da.

„Tourette Syndrom?"

Georg kann nur nicken und versucht, die Tränen zu

verdrängen.

Der junge Mann hebt seine Schultern. „Tut mir leid, darf ich Sie zu dem Konzert heute Abend einladen? Ich bin der Veranstalter dieser Konzertreihe, Anna Netrebko ist allerdings nicht zu hören, doch die Orchester, die Solisten und die Auswahl der Stücke sind nicht zu verachten. Heute Abend können Sie Beethovens Violinkonzert hören. Es sind noch Plätze frei."

Georg zeigt auf sich und seine Kleider. Mit der Wolldecke in der einen Plastiktüte, den Lebensmitteln in der anderen, versucht er, die schmutzigen Fingernägel zu verstecken. Die Löcher in den Schuhen fallen auf.

„Vielen Dank, es ist mir eine Ehre, aber ich glaube, ich gehöre nicht zu den üblichen Besuchern. Was uns ein wenig verbinden könnte, ist vielleicht die Liebe zur Musik."

„Und das genügt, im Haus gibt es verborgene Plätze, von denen ich annehme, dass sie Ihnen am liebsten wären. Wenn es Ihnen gefällt, schenke ich Ihnen ein Abo für diese Saison." Zögernd, Schritt für Schritt, folgt er dem jungen Mann und ahnt, dass dieser Winter ganz anders verlaufen wird als die vorherigen.

© 2022, Monika Seyhan
Herstellung und Verlag: BoD – Books on Demand,
Norderstedt
ISBN: 9783756855063